おおあんごう

加賀翔

講談社

おおあんごう

加賀 翔

装画

杉山 巧

装幀

長崎 綾
(next door design)

1

「こんな置き方したらわし盗めてしまうでぇ！」

父がドラッグストアの店外にある棚を指差して大きな声で言った。

父は盗める状態のものを見るとすぐに盗めることを伝えてくる。例えば、人の家の玄関に宅配の段ボールが置いてあると、

「中身次第で盗んじゃろうかのぉ！」

と心底楽しそうに言い、地域のゴミ捨て場に使えそうな粗大ゴミを見つけると、

「おめぇがもうちょい大きかったらソファー盗めたのにのぉ」

と心底悔しそうに言う。父は近くに人が居ても全く気にすることなく泥棒発言をするため、ぼくは盗めてしまいそうな物があるところに行くのがいやでいやでたまらな

かった。父はドラッグストアの外の棚を真剣な表情で吟味し、
「逆にトイレットペーパーじゃのぉ！」
と、おそらくは大きくて目立つ商品の方が盗んでいると思われにくいだろうという考えから、一番盗みやすいのはトイレットペーパーだという結論に至ったことを大きな声でぼくに言って満足そうに入り口を開けた。

父は一八〇センチ近くあり、いつも何かを睨みつけながら前傾姿勢で歩くので細いゴリラのようだった。ゴリラにしては細いという意味で、人にしてはかなり大きく近所の人の中だったら一番ごつい。ひどいガニ股で歩くし腕の振りも大きく、所作の一つ一つが大袈裟だ。体が大きいが力仕事をしているため太ってるというより分厚いという印象を受ける。坊主頭を茶髪に染めていて、白いTシャツにリーバイスの501というジーンズを好んで穿いている。ぴったりとしたTシャツを着ているため袖が筋肉で張っていて、父はそれを気に入っていた。父と自分を比べると二倍かそれ以上に大きく見える。

ぼくは背の順でいつも前から三番目か四番目くらいだった。天然パーマでくるくる

とボリュームのある髪型をしている。車のイラストが描かれたTシャツにシャカシャカしたナイロンの短パン、短パンはサイズが大きく膝下くらいまであり、細い足がより頼りなく見えた。ぼくは父の印象とは真逆のひょろっとした子供だ。

田舎の大きなドラッグストア。スーパーや電気屋も近くに固まっているため、共同の大きな駐車場がある。山に囲まれ盆地になっていて、夏はなにもかもどうでもよくなるほど暑く、ぼくたちは汗だくだった。ドラッグストアの中はやたらエアコンが強くて、入った瞬間は最高に気持ちが良い。父はとても気持ち良さそうな表情で伸びをし、ガソリンスタンドくらいの声で、

「くっそあちぃのぉ汗びしょんなるでぇ！」

と言った。ドラッグストアがざわざわとなる。ガソリンスタンドくらいのボリュームで叫ぶ子連れが突然入ってきたからだ。父は引き続き気持ち良さそうに首にかけたタオルで顔を拭く。ぼくはまだ父の声がドラッグストアの中を跳ね返っている気がして、申し訳なさとおそろしさで緊張する。父がTシャツを脱ぎ始めた。突然ドラッグストアの中に入ってきた子連れ茶髪坊主が今度は服を脱ぎ始めたため、いよいよレジの中がどよめいている。父は意に介さず、いつもいつでもそうしたいと思ったらそうする人だった。びしょびしょのTシャツをぼくに手渡し、首のタオルで体を拭くと、

「んんー！　気持ちぇえー！」

と再びガソリンスタンドくらいのボリュームで快感を表現した。レジにやってきた一人の男、父と同じくらいか少し若い、その人はぼくの父親に対してあの人は仕方ないという目を向けていて、レジも店内も静かに怒りながら父に適応し始める。ぼくはびしょびしょのTシャツとタオルを持たされたまま固まり、辺りを見回す。一秒でも早く大人になりたいと思うのは、この空気の中にいる父が少しかわいそうだからかもしれない。

「十秒以内にわしのあたま金髪にするやつ持ってけぇ」

突然指令が下る。父が髪の毛を金色に染めるためのなにかをぼくに取ってこいと言っている。父が茶髪に染めた時、髪の毛を染める液が入っていたその箱の表に、目のキラキラしたかっこいい若い男の絵が描かれていて、その男の髪の毛が見本の髪色になっている、という光景を見ていたのでなにを探せばいいかはわかる。

「十〜！」

言ってからすぐに大きな声でカウントダウンを始める。父はどんな場所であろうと関係なくいつでも自分が頂点であるような振る舞いをする。信じられないというリアクションをとったり考えている暇はなく、ぼくは全力で走り出して一番近くにいる店員さんに場所を聞く。

「九〜！　八〜！」

店員さんはぼくたちが入ってきてからの一連を見ていたようで、ぼくの焦りを察知してくれたのかすぐに場所を指さしてくれた。目当ての棚には男の絵が描かれた箱がずらりと並んでいた。一口に金髪といっても細かく分かれていて、かなりの種類があった。父の求めている金髪はいったいどれだろうか。めぼしいものをまとめて持っていきたいが父のTシャツとタオルを抱えていたし、慌てていて頭が回らなかった。

「七〜！　六〜！」

ぼくは直感でこの局面においての正解は、正しい色を取ってくることよりもとりあえずなにかを取って戻って、カウントダウンしている父を満足させることなのではないかと思った。棚の中でグラデーションになって並んでいる金髪の男たちの中から、アッシュゴールドという色を選んで手に取った。

「五〜！」

間に合うと思ったぼくは全力で走る。これならいける。そう思った瞬間、

「四三二一〇〜！　はいデコピン〜！」

四以降が突然なだれ込んだ。なにが起こったのか理解できなくてキョトンとした表

情をしてしまう。三秒は残して戻ってこれたはずだったのに。棚の場所を教えてくれた店員さんの方を振り返ると、そこにはもう誰もいなかった。自分の手に握られている箱を見る。ぼくの手の中でアッシュゴールドの男が爽やかに笑ってこちらを見ていた。

「わっはっはっは」

父はぼくのキョトンとする顔が嬉しくてたまらないというように笑っている。ぼくは早くなるカウントダウンをされたことで泣きそうになっていた。

「惜しかったのぉ〜」

父は笑いながら指を柔軟していて、ゆっくりとぼくの顔に手を伸ばす。ぼくはさらに泣きそうになるのを必死でこらえて、なぜこんな目に遭わなきゃいけないのだろうと自分の置かれた状況を嘆き、心の準備をする。

「ほいじゃいくで、五……四……三！」

二、一が無く三で来た。嘘つきの父の指がしなり、ぼくのおでこを叩き付けた。まただまされた。本当に信じられないという気持ちになる。再び嘘のカウントダウンをされ、悔しさと怒りと痛さで涙が出てくる。父は一つ前のカウントダウンで嘘をついたのに、なんで五と言った時点でぼくはまただまされる可能性があると気付けなかったのだろう。

「あんまうまいことといかんかったのぉ」

とても痛くて涙が出るほどだったのに、父は自分のデコピンに納得がいかなかったようで、もう一発というような動きをしている。二発目に関して言えばルールを無視した本当に理不尽な行動なので、ぼくはどうにか父を止めようとして、泣きながらTシャツとタオルを差し出してみた。すると、

「持ちとうねぇけぇおめぇに持たせとんじゃがな、ほいであとそれ、誰がアッシュゴールドにしてぇって言うたんな、やり直し、じゃ！」

そう言ってぼくにデコピンをした。今度はより一層強烈なデコピンが先ほどと同じ場所に叩きつけられたので、おでこが割れたんじゃないかと感じるほどだった。あまりの痛みにどうしようもなくなったぼくは、我慢の限界に達して爆発してしまった。

「ったいなぁもう！　なんなんよ！　自分でかいた汗なんじゃけん自分で持ってんよ！　なんで髪の毛染めるやつぼくに選ばすんよ、そんなん分からんがん！」

と叫び、大泣きしながら全力で走り出した。子供が叫んだせいか店内は再びざわざわとした空気になる。ぼくはそんな店の空気を裂いて走るように外まで飛び出す。重いドアを開けて店の外に出ると先ほどよりずっと暑く感じた。むわっとした空気と太

陽の眩しさで一瞬ひるんだが、ぼくは気合を入れて走り出す。父のなにもかもが嫌だった。全てが嫌いなわけではないはずなのに、金髪にするという考え自体もおかしいと感じるくらい嫌だった。振り返るとそんな父が上半身裸でぼくを追ってきている。ぼくは悔しくって仕方なくて、絶対に追いつかれないぞと思って全力で走る。しかし父は一瞬でぼくに追いついて、

「Tシャツ持ってくなや！」

と、一言目にTシャツのことを言った。まずTシャツのことを言うのかと思ったけど、そんなことより摑まれた肩が痛い。そしてその次に、

「ぶち食らわすぞこのおおあんごう！」

とぼくにげんこつを食らわせた。おおあんごう。父はぼくを脇で挟むように抱え上げた。子供を抱えて駐車場を歩いていく上裸の父。ぼくは思い切って抵抗したつもりだった。父に文句を言ったり口答えをすることはない。なんとか振り絞った勇気も父の一喝一撃で吹き飛ばされてしまい、ぼくは改めて自分がどんなに力がなくてちっぽけで弱い存在なのかを思い知った。

父が上半身裸のまま会計をしている。アッシュゴールドはうんぬんかんぬんと言っていたけれど、他の色と見比べて結局そのままレジへと持っていった。そのことに対

してぼくはなんでじゃあとは思わない。ぼくが持っていったアッシュゴールドと父が悩んで選んだアッシュゴールドは父のなかで違うもので、さっきの父にとってアッシュゴールドが正しい選択ではなかっただけ。でも結局買うんだったら、一言くらいぼくに「結局アッシュゴールドにしたわ、おめぇが正しかったわ」くらい言ってもらいたい。

「レシートはお兄さんにプレゼント」

父が余計なことを言いながらレジを済ませる。これでもうすぐ自分の父親が金髪になるのだと思うととても胸がそわそわする。今でさえ茶髪の坊主の父は珍しい目で見られることが多い。服を脱いだりすることもあるので髪の毛のことなんて目立たない瞬間もあるが、ぼくは茶髪でさえ気になっていた。坊主で金髪、近所の人になんと思われるだろう、噂になるのではないだろうか。ぼくは父にこれ以上目立って欲しくないという気持ちがあるのに、

「顔寸止めしたろうか？」

父は商品の入ったレジ袋をブンブンと振り回し、ぼくの顔ギリギリをかすめてこようとする。買ってすぐに店内でそんなことをするのはやめてほしい。父は金髪にする喜びだけでなく、ぼくを追いかけて走ったこともあってか、ずいぶんとテンションが

上がっていた。

店を出ると再び入り口外の商品棚を眺めながら、父は先ほど一番盗めそうだと言っていたトイレットペーパーに向かって、レジ袋を持っている方の手を挙げて指差した。

「盗むなら安いのんじゃのうて高ぇトイレットペーパーがええのぉ、のぉ？」

とぼくに聞いてきた。すれ違うおばあさんが小さく二度見するのがわかった。話の内容になのかそれとも父の上裸に対してなのか、どちらにしてもその瞬間にぼくは周囲の人と父とのその間の存在になるための困り顔を作る。父親が二度見される状況に慣れることはなく、毎回しっかり気がついてしまうし、毎回無視できず嫌になる。ぼくの困り顔が父に見つかってしまった。質問に対してぼくが困ったような顔をしたのだと勘違いした父が、

「おめぇめんどくさそうな顔すんなや」

とぼくの頭を叩く。確かにいまのは叩かれても仕方なかったと、いつの間にか自然とそう思うようになってしまっているのがおそろしい。ぼくは、父がどういうタイミングで小さな暴力を振るったり、乱暴なことを言ったりするのかをわかっている。だから一般的に考えてありえなくても、ぼくにとっては叩かれても仕方ない場面がたく

さんあり、いまの誤解もその一つ。父は気づくと叩くがほぼ同時なので、ほとんど反射神経でぼくを育てている。

「違う違う、外あちぃなあて思うとったんよ」

痛いリアクションをすると、嘘つけ大げさなリアクションすんな、と怒られるパターンがあるので、ぼくは出来るだけ痛がらずに真っ当に聞こえる言い訳をする。

「おいおいほんなら先言えぇよぉ、すまんのぉ」

父は自分が納得できれば怒ったり文句を言ったりせず聞いてくれるので、ぼくの言い訳でなんとか機嫌を直してくれた。少し歩くとドラッグストアの涼しさを感じられなくなり、父は叩かれたように突然空を見上げて、

「くそあちぃって言うとんのがわからんのかこのおおあんごうが！」

と、太陽にほえた。駐車場にいる全ての人が同じことを思っているはずなのに白い目で見られるのは口に出すだけでなく父がそれを太陽に向かって直接言っていて、しかも上裸であるために変人に見えているからだろう。

車に乗り込むと、触れるところ全てが異常な温度でより一層暑くなる。父の古いシビックはこの前エアコンが壊れてしまって、どうせエンジンを掛けても涼しくはならない。

「こんだけあちかったら逆に気持ちええのぉ」

ぼくには訳のわからない謎の感覚で父は少しハイになっている。父はハンドルの脇のポケットからマルボロのソフトパックを取り出し一本くわえた。エアコンやオーディオの操作パネルの一部についている不思議なライターで火をつけて深く吸い込む。全身に煙が回るのを確かめるように父は少し息を止め、満足そうに煙を吐き出した。

ぼくはタバコの煙が嫌いじゃない。むせるし臭いのはいやだけど、タバコを吸っている父の隣で眉ひとつ動かさずにタバコの煙を許している子供、というビジュアルがなぜか自分の中では格好良かった。タバコなんか吸いたくないけれど、タバコのある世界を知っていることはとても大人な気がしていた。鍵を差し込んでひねるとエンジンが掛かり、同時にビートルズが爆音で流れ始めた。父は窓を全開にして、そこからさらにビートルズのボリュームを上げる。曲名はわからないけれど好きな曲。マフラーが強烈な音を立てて車が動き出す。騒音の中心にいるぼくたちは無数の視線にさらされながらドラッグストアの駐車場を出る。

「なに見とんじゃこらぁ！」

全開の窓から少し顔を出して父は吠える。しかしおそらくビートルズとシビックの音で相手には何を言っているのか聞こえてないだろう。なぜか父は笑っている。怒っているのか楽しんでいるのかわからない。爆音で駐車場を回り、車は国道二号線に乗って帰り道を飛ばしていく。父はタバコの灰を道に落とし、ビートルズを歌いながら、自分の好きなように改造した車を運転している。助手席から見る父は、全てを楽しんでいるように見えた。ぐんぐんとスピードが上がっていき、タバコの灰が車内に舞う。目に入らないように顔をそらすと頬に風を感じた。なぜかドラッグストアを出るときの父を思い出す。

どうせ盗むなら高いトイレットペーパーの方がいい、という父の理論は間違っているのではという思いが浮かんだ。盗むことはあり得ないという大前提だけど、もしトイレットペーパーを盗むなら高いものの方が良いと考えるんじゃなくて、質よりも量を取り、両手で一個ずつ持って二個盗んだ方が良いんじゃないだろうか。父は質派でぼくは量派か。そんな風に思いながら父を見たら、口の端だけで悪そうににやけていた。その顔を見て、当然二個盗むつもりだっただろうと気づきぼくは隠れて笑った。

2

岡山の田舎。ぼくの家は山を少し登ったところに建っていた。ぼくの家を含めて民家が五軒しかない小さな地域。この地域は山も川も田んぼも海もあり自然に囲まれていた。海といっても砂浜があるような海ではなく、貨物船の泊まっている工場の港や漁船の泊まっている漁港の海。海は泥のような灰色をしていて子供が近づいてはいけない雰囲気があった。平屋の古い家で母のおじいちゃんが建てたらしく、そこに父と母とぼくが三人で住んでいる。

がらがらと大きな音の鳴る引き戸の玄関を開けると、まず般若の面が目に飛び込んでくる。ずっとあるから慣れているかといえばそうではなく、不気味な顔をしているお面をなぜわざわざ飾っているのかわからない。お面の掛けてある壁から廊下にかけて全て土壁になっていて、少しでも体が当たるとさらさらと砂が落ちる。狭い廊下なので気をつけていてもうっかり当たってしまって砂が落ちると、壁の寿命を削ったような気分になってとてもどきどきする。

玄関を開けて左手が父と母の寝室、廊下を行くと土壁が途切れて台所と居間がある。その奥にぼくの部屋。部屋と言っても父や母の物を置くための物置部屋にマットレスが敷いてあるだけで、勉強机があったりおもちゃがあったりするわけじゃない。居間には、テレビ、大きなスピーカー、レコードプレイヤー、ギター、こたつ、そして場違いなほど真っ赤で大きなソファーが置いてあり、そこが父の特等席となっていた。父はそこでお酒を飲んだりレコードを聴いたりプロレスを観たりする。母はこたつでお酒を飲んだり編み物をしたりしていた。


母は父に比べると二回りは小さいが、父と違い背筋がピシッとしていて凜とした印象だった。肩に届くか届かないかの黒い髪を耳に掛け、いつも真珠がぶらぶらと揺れるピアスを着けている。化粧は薄く、イラストの入ったような服はあまり着ない。楽で着心地の良さそうな、薄いグレーのさらさらした生地の上下で過ごしていた。

「できたで！　ほい！」

「なにこれ！」

「カエルじゃが」

「長っ！　なんでカエルなん！」

「本に載っとる中で一番かっこえかったんよ！」

母はぼくにぬいぐるみを作ってくれたことがある。やたら手足の長い深緑色のカエルのぬいぐるみ。黒いボタンを縫い付けて目玉に見立てているけど、縫い付けに差があるのか右目だけ少し緩くぷらぷらとしていた。母は細かいことを気にしない人だ。出来がどうとかはあまり気にせず、ぼくが喜んでくれたらというそれだけでぬいぐるみを編んでくれている。カエルのぬいぐるみが欲しいと思っていたわけじゃなかったけど、おもちゃを持っていないぼくにとって母の作ってくれたぬいぐるみは革命的だった。物置のようなぼくの部屋でカエルのぬいぐるみはとても輝いていた。

この辺りは動物も多い。朝玄関を開けたらすぐ外に鹿がいる事がある。多い時は五、六頭の鹿がぼくの家の車を囲んでいたりすることもあった。野良猫はいくらでもいて夜になるといつまでも鳴いているし、たぬきやきつねなんかもすたすたと家の前を歩いている。勝手口にはつばめの巣があってひなが鳴いていたり、海が近いので家の上をとびが飛んでいたりした。

家から山側を見ればすぐに森が広がっているし、ふもと側を見れば高台から見下ろすようにして大きな田んぼや遠くの工場、海が見えた。自然豊かな場所だ。海は見えるけど水平線は見えなくて、どこを見ても必ず山に遮られている。ぼくは自分の家から見えるこの景色が好きだった。海や道がつづいているはずなのに、ぐるりと山に囲まれてどこか閉じ込められているように見える。この景色はぼくの冒険心をくすぐった。

ぼくの家から小学校まで一時間半はかかる。さらに遠いところから通っている子もいるけれど、その子たちはスクールバスで通っているので、歩いて通う生徒の中ではぼくが小学校から一番遠いところに住んでいた。ただ、ぼくの家からちょっとの距離しか離れてないのに、バスに乗って通える地域に入っている子もいて、とてもずるいなぁと思っている。なんで歩いて通わなきゃいけない地域の端っこぎりぎりにぼくの家は建ってるんだろう。一年生二年生の頃は理不尽さに憤っていたけれど、別の小学校ではもっと長い時間歩いて通っている地域もあることを知ったし、慣れてしまえばどうって事はない。ぼくは毎日たくさん歩き、今年で小学五年生になった。

「なに言おうと思うとったんじゃったたっけなぁ」

学校からの帰り道、伊勢は何かを思い出せないようでもやもやしていた。一四一センチ四一キロ、伊勢はぼくより一回り大きく、目はぱっちりとした二重、高くはないけどつんとした鼻で格好良かった。ポロシャツに紺色の短パンという同じ制服を着ているので、顔立ちの差が余計にはっきりする。何かを思い出そうとしている伊勢の横顔は、険しく随分と大人びて見える。ぼくがどんな方向の話なのかを尋ねると、自分の話なのか人の話なのかも思い出せないようでなんの手助けもできなかった。

「分かれ道までには思い出してくれぇよ」

「ちょ！　思い出しとるけぇ話しかけんで！」

クラスが違うのでいつもならどんなことがあったか話しながら帰るのだけど、今日は伊勢がうんうん考えているので退屈だった。

「なんかヒントないん？」

なにもわからないなりになにか手伝いたくてそう聞くと、

「そうじゃ！　木村さん転校するんじゃって！」

伊勢は突然思い出してじたばたと慌てながらぼくに言う。

「えぇ⁉　なんで⁉」

あまり仲良くもないので、木村さんが転校して困ることはないはずなのに、なぜかとても驚いてかなしい気分になった。

「知らんけど、なんか離婚なんじゃゃって」

同じ学年の子で離婚することになった話を聞くのは初めてだった。

「なんで伊勢がそんなん知っとん？」

ぼくたちは二人だけなのになぜかひそひそと声を潜めて話す。

「直接聞いたわけじゃねえけど女子が話しとんのが聞こえてきたんよ」

伊勢がそう言うのでぼくはさらに声を潜める。

「あんま盗み聞きとかしたらおえんので（ダメなんだよ）！」

「聞こえたんじゃもんしゃあねえがん！」

伊勢がほとんど息だけで何か言っているけど、突然大量のカラスがぼくたちの上をかぁかぁと通り過ぎて行ってよく聞こえなかった。

「名字どうなるんじゃろう」

ひとり言のように頭に浮かんだ言葉がそのまま口から出る。誰々の家が離婚するらしいという噂を聞くとき、子供がどちらについて行くのか名字をどうするのかという話がセットになっているのを思い出した。

「そっか木村さんじゃなくなるかもしれんのんか」

伊勢は自分の言葉に違和感を覚えたのか、そう言って首を傾げていた。

「木村さん名字なんになるとか聞いてないん？」

「いやぁそういうことは言うとらんかったなぁ」

木村さんのことを思うと複雑な気持ちだった。どんな事情なのかはわからないけれど、今ぼくたちが話しているような内容をみんなから聞かれたらしんどいだろうなと思う。ぼくは明るく声をかけられるだろうか。

「どうせ変わるならかっこええ名字がええよなぁ」

伊勢が気の抜けた調子で言う。顔は真剣なのに内容に真剣味がなく、それが空気を軽くしていて、木村さんにも軽く話してくれる友達が居たらいいなと思った。かっこいい名字と言われてすぐに候補が浮かぶ。

「伊勢ええがん、めっちゃうらやましいわぁ」

ぼくがそう言うと伊勢は本当に驚いた様子で、

「いやぁ伊勢はかっこつけとる感じがしてかっこよくねぇよぉ」

と言った。ぼくはなんだか自分にセンスがないような気がして恥ずかしかった。

「草野よりはかっこええじゃろぉ」

「草野は……いや草野は草野って感じがする」

顔と全体を交互に眺めながら伊勢がうなずいている。

「草野って感じってあんまええことない気がするんじゃけど」

「いやいや草野ってめっちゃええと思うで、おれ草野の方がええわぁ」

嬉しかったけど、伊勢のセンスがいいのかどうなのか判断できなくて素直に喜べなかった。

各地区に通学班があって、ぼくは光が丘という地区の班だった。班といってもぼく以外の四人が兄弟で、この四人兄弟、中原兄弟はお父さんが会社に行くのに合わせてよく車で乗せていってもらっていたため、実際はぼく一人で学校に行くことが多かった。班ごとに小学校から指定された通学路があったけど、ぼくは一人が多かったこともあって自分の通学路ではない別の道をよく通っていた。家を出て少しするとまっすぐな林道になっていて、下っていくと平地に出て一面に田んぼが広がる。そこからは山沿いを通っていく道、田んぼを突っ切って通っていく道、海沿いから田んぼをぐるりと回って反対側の山沿いを歩く道の三本にまず分かれる。田んぼを突っ切っていく道は、季節によって難易度が変わるので楽しかった。選んだ道はさらに分岐したり合流したりするのでどの道を選んでもいい。そんな風にして好き勝手な道を歩いて通っていた時、全く通学路ではない道でばったり会ったのが伊勢だった。

小学三年生の夏。その日は田んぼの道を通って学校に行こうと思っていた。ぼくは家のすぐそばの森で、丈夫でよくしなる見た目のかっこいい木の枝を調達し、それをランドセルに差して出発する。夏の田んぼは虫だらけの泥だらけで、自分よりも背の高い草が生い茂る中をかき分けて進んでいくのはなかなかに冒険だった。草や稲や泥はまだいいけど、ぼくはどうしても虫がだめだった。田舎で虫だらけの環境なのに虫が苦手なのは本当に厄介で面倒なことが多々ある。寝ようと思っても気配を感じて眠れなかったり、お風呂に入ろうとしたら浴室の壁に虫が張り付いていてお風呂に入れないというようなことで、びくびくするのは気持ちが疲れる。

虫が苦手になったきっかけは二つあって、一つ目は四歳の時寝ている間にムカデに刺されたこと。しかも腕や足を刺されたのではなくて、ぼくが刺されたのは耳の中だった。二つ目は幼稚園の年長の時、捕まえたクワガタを幼稚園に持ってきた子がみんなに見せびらかしていたことがあった。ぼくは虫へのトラウマがあることがばれると格好わるいと思い、格好つけて怖くないふりをしていたら、クワガタに思い切り指を挟まれ血が出てきて泣いてしまった。だからぼくにとって田んぼの中を行くというのは冒険のような修行のようなところがある。それに虫に待ち伏せされているよりはこちらから迎えに行ってやるくらいの覚悟の方が怖くなくて済む。ぼくは自分を鍛えるつもりで田んぼを進んで行く。しかしとんぼが飛び出してきたりすると勇んでいた気持ちは吹き飛んで大慌てでする。

「怖ぁないんじゃおらぁ！」

と、声を出さないように息で叫び、持ってきていた木の枝を振り回してしまう。大きな声を出すと怖がっていることがばれてしまうかもしれないという気持ちがあるのでできるだけ小さな声で叫ぶし、稲や草に当たると虫が飛んでくるような気がして恐ろしいため、木の枝はできるだけ縦に振る。田んぼの中は背の高い稲に囲まれているため風がない。じめじめと蒸している中を叫んだり枝を振り回したりしながら少しずつ進み、やっとの思いで田んぼを抜けるその瞬間ぼくは全身に風を感じる。蒸し暑く息苦しい世界から風のある世界に出るときの爽快感はたまらなく気持ちのよいものだった。

振り返ると田んぼに入るときのスタート地点は見えなくなっていて、どこか脱出したぞという達成感にも満ちている。ぼくは木の枝を軽く払ってからランドセルに差し、虫でもなんでもかかってこいと大きくなったような気分で胸を張る。ここからは舗装された道と小さな橋のかかった川沿いの道とでまた二手に分かれるのだけど、勢いのついているぼくは揚々と走り出して川沿いの道を選ぶ。そうして小さな橋から土手へと飛び移ろうとしたその瞬間、川沿いにランドセルを背負った少年が座り込んでいることに気づいた。調子に乗っていたぼくは突然人が現れたことに驚いて、

「うわぁあ！」

と叫んでしまい、少年は飛び降りてくるぼくに気づく。声を出すべきじゃなかったと思ったけど、ぼくはすでに飛んでいたため引き返すことはできない。焦りと驚きでバランスを崩し、ぼくはどさっと尻もちをついてしまう。誰も通らないはずの道にランドセルを背負った子供がいる、という非常事態に立ち上がることも顔を上げることもできなかった。こちらをじっと見ている気配がする。見えていないけど怒りのこもった視線なのではないかと怯え、とにかく謝ってみるしかないと思った。目をつぶっているかいないかぎりぎりに目を細めれば顔をあげてもいいのではないかと考え、ぎゅっと目を細めてゆっくりと顔を上げる。足がまず見えて少年が立ち上がっているこ

とに気づく。ぼくと同じポロシャツで同じ名札をつけている。そうして少しずつ目線を上げて顔を見ると、予想に反してこちらを見ている少年は怒っている表情ではなく、驚いたような顔をして固まっていた。あれと思った次の瞬間、少年の口が突然ぱかっと開き、

「ごめんなさいっ！　ごめんなさいっ！　ごめんなさいっ！」

と、絞ったような声で謝り出した。少年はぼく以上に驚いているようだった。

「いや！　違うんよ違うんよ！　ぼくの方こそごめんなんよ！」

突然謝られたことに驚き、どう返事をしたらいいか訳が分からなくなって謝り返してしまった。

「ごめんなさいっ！　なんかいつもの道忘れてしもうてそれでなんかよう分からんくなってほんまにごめんなさいっ！」

「大丈夫！　分からんけど味方じゃから！　ぼくの方こそ驚かせてごめん！」

ぼくのことを自分を探しに来た誰かだと思ったのか、少年は悪いことをしていたわけじゃないという風にすごい勢いで謝った。謝られたこちらもいるはずのない小学生の出現によって頭が混乱してしまい、謝り返す事しかできなかった。しかし自分より怒っている人を見ると怒りがおさまったりするように、自分より強く感情を表現する

他人がいると冷静になるもので、ぼくは少しずつ落ち着いてきた。細めていた目をしっかりと開けて背筋を伸ばし、少年の顔を見る。少年は別のクラスの同級生だった。

「落ち着いて！　多分おんなじように違う道通っとっただけじゃけぇ！」

「……あれ？」

「な！　大丈夫！」

「……なんじゃあもう！　藤が丘の人か思うてめちゃ焦ったがん！」

自分の班の上級生が来たのだと思ったようだった。ぼくが同じように道を外れて学校へ向かっている仲間なのだと気がつくと一気に安心したようで、ぼくたちは少しずつ話し始めた。そこでようやくお互いに自己紹介をして、少年が伊勢という名前であることを知った。

「田んぼ抜けて、こっから楽しい道じゃあと思うとったのに」

気が抜けてしまったのか、特に面白いわけでもないのにへらへらと笑いながら喋ってしまう。

「こっちこそ急に人飛んでくると思わんかったよ」

伊勢も同じようにへらへらと笑っている。ぼくは先ほどの緊張からの落差で、とても距離が縮まったような気分になった。

「おどかしたのはごめんじゃけどあんなとこ座っとったのが悪いんで？」

「なんでなぁ、座っとったっていうてもちょうどええとこ見つけたけぇ、やっとよっこいしょって座ったところにおめぇが来たんじゃが」

父に言われるのとは違って、おめぇと言われたことになぜかいらっとした。しかし言い返すほどでもなく、名前を名乗ろうか迷ってタイミングを逃す。

「いやいやわざわざあんなとこ通らんじゃろ？　藤が丘の班なんじゃろ？」

「そっちは光が丘じゃろ？　光が丘の方が遠いが」

そう言われて驚いた。伊勢はぼくのことを知っていたようだった。

「ええ？　なんでぼく光が丘なん知っとん？」

「いっちゃん遠いて有名じゃもん」

伊勢がどこの班なのか知らなかったけど、伊勢はぼくがどの班なのか知っていた。ぼくの学校は遠くから通ってくる子供も多かったのだけど、そのなかでも光が丘班は特に遠く、一番歩かなくてはならない。なので他の班から光が丘よりはましとよく言われていたのだ。だから伊勢もぼくのことを知っていたのかもしれない。

自己紹介のタイミングを逃したまましばらく歩いていると、気持ち悪くなったのか伊勢が自分から名前を名乗った。そして、

「二組の草野くんよな?」

伊勢がぼくの名前を知っていて不思議だった。ぼくも伊勢のことを知っていたけど、名前を覚えたのは一体何がきっかけだったのかわからなかった。下の名前を聞かれたので、大地だと答えると、

「草野大地ってなんか適当につけたみたいな名前じゃなぁ」

と、伊勢は馬鹿にしているように笑いながら言った。今まで自分ではそんな風に思ったことがなかったのでむきになり、母から聞いた画数の話や本当はたいちにしようと思っていたらしいという話をする。

「ってことはほんまは違う名前がよかったってことじゃろ? それでええんか?」

「いや、ええんかって言われてもぼくがいやじゃあいうて変わるわけでもねぇし」

どうすることもできないのにそれでいいのかと聞かれたことが理解できなくて、そう答えるとなにが気に入ったのか、伊勢は少し嬉しそうだった。

「草野って長男じゃろ?」

伊勢は突然こちらを指差して言うと、祈るような格好で目をつぶりぼくの返事を待

った。ぼくはなぜ突然そんなことを言ったのか気になって、

「なんでそう思うん？」

と質問し返す。伊勢はそのままのポーズで、

「大人ぶっとるけぇ弟か妹おるんかなぁて」

と片目だけ開けて答えた。

「なんじゃその言い方、ぼくは一人っ子じゃで」

答えを聞き、伊勢が手を広げ大げさに悔しそうなリアクションをする。

「いやぁ一人っ子かい、それじゃったら好きなもんなんでも買うてもらえてうらやましいのぉ」

推理が外れてつまらなそうに歩き出す。ぼくが背中に向かって、

「ううん全然、おもちゃとかゲームとか買うてもろうたことないよ」

と言うと、またまたという顔でこちらを振り返り、

「うそつけぇ一人っ子は甘やかされるんじゃで、一個もってこたぁねかろぉ？」

と自信たっぷりに言った。ぼくは甘やかされているかどうかの基準が違うのかもしれないと感じて、

「あ、でも母さんにカエルのぬいぐるみ作ってもらったりしてそれがおもちゃになっ

とるっていうのはあるで」

　と自分がもらったおもちゃの話をした。

「カエルのぬいぐるみ？」

　伊勢が急に困ったような顔をして、

「……有名なやつ？」

　おそるおそる聞いてくる。

「いや、母さんオリジナルのやつじゃけど」

「草野の母さんオリジナルのカエルのぬいぐるみ？」

　さらに困ったような顔をして聞く。

「正確には完全オリジナルってじゃあねぇかもしれんけど」

　とぼくが言うとしばらく黙り、

「いや、そうなんじゃ……」

　と言ってかわいそうな目でこちらを見つめた。

「いや、かわいそうな目で見るなや」

　ぼくが強く言うと、

「……ごめん」

と謝りながらにやにやしていて、

「おい！」

ぼくが気づいて笑いながら怒る。

「……今度おれんちでゲームさせたげるな……」

「ぼくにめちゃめちゃびびってすげぇ謝っとったの絶対言うちゃろ」

伊勢はにやにやするのをやめてへこへこ謝った。


ぼくたちは言ってみれば同じ秘密を持っているもの同士だった。この日の下校も途中まで伊勢と一緒に帰り、そこでどんな道を通っているか、いつから班を抜けるようになったかなどを話した。伊勢の班には同級生がおらず、置いていかれたりばらばらになったりすることが多々あった。そんな藤が丘班に対して、ばらばらで通っているなら班の意味はあるのかという疑問を持ち、班長に対して勝手に行動するなというような文句を言ったらしい。そのせいで藤が丘班に嫌われ、居心地が悪くなってしまったために一人で通うことが増えたという事情だった。

ぼくらは別々の地区に住んでいたが、どうせいろんな道を通るなら一緒に通えば良いんじゃないかということで、翌日からお互いの通学路の中間地点で合流することにした。そうしてぼくたちはぼくたちだけの通学班を作り、二人で学校に行くようになる。

ぼくにとって初めて特別な友達ができた日。あれから二年が経ち、五年生になって同じクラスになったぼくたちはさらに行動を共にするようになった。


木村さんの家が離婚するらしいという話からお互いの家の話になり、

「伊勢は転校せんとってよ?」

と言うと、わざとらしく口の端をあげて、

「う〜んどうじゃろうかなぁ〜」

と伊勢はふざけた。ぼくは怖い気持ちの方が強くてあまり面白くなかった。

「いやいや冗談じゃなしにほんま頼むで」

もし転校してしまったらと不安になっているぼくをよそに、伊勢はあっけらかんとしている。カエルの鳴き声がうるさくて、雨が降るのだろうかと空を見たけど青々と雲は無くすっきり晴れていた。

「ほんまのこと言うたら草野ん家の方が全然心配じゃあ」

伊勢の調子が急に変わった。おちょくるように言っているのか本当に言っているの

か分からなくて、

「なんでじゃ！」

と、とりあえず大きめの声で言う。

「じゃってやぁ……草野んとこのお父さんめっちゃ暴れん坊じゃろ？」

にこやかだけど少し引きつったようにも見えるその表情がちくっと刺さる。

「暴れん坊って言い方やめてんよ」

やわらかい言葉に変えてくれてはいるけど、もっとはっきり言うならどんな言葉になるだろうと想像して切なくなる。

「でもそうじゃろぉ？」

「そうかもしれんけど離婚するような感じじゃねぇよ」

要するにそれが心配なわけでこう答えれば大丈夫だろうと思った。しかし、

「木村さんじゃってそう思うとったと思うで？」

伊勢ははっきりとそう言った。無神経な一言にたじろいでしまう。

「そんな言い方すんなよ、かわいそうじゃろ」

どうしようもない本当のことを言われると頭が回らなくなり、ぼくたちだけなのにまた辺りを気にしてきょろきょろとしてしまう。

「ちがうちがうそんなつもりじゃのうて真面目な話なんじゃ！」

自分の言い方が良くなかったと気づいたのか少し慌てたように言った。

「でもそんな言い方せんでもええじゃろ？」

ぼくもぼくで慌てていて、正義感かなんなのか否定的な態度を取ってしまう。

「いやなんていうかおれが言うとんのはな、離婚せんと思うとったのに離れ離れになってしもうて後悔するのは嫌じゃなってこと！」

「どういうこと？」

必死に聞いていたけど頭が追いつかなくて聞き返す。

「離婚したら転校するし、お父さんお母さんどっちかとしか暮らせんようになるし、友達とも会えんようになるんで⁉」

その表情と声色で、心無い言葉を言いたかったわけではないことがとても伝わってくる。あっけらかんとして見えたのは、ぼくが怯えていたことをすでにもう何度も考えていたから慣れていただけだったんじゃないかという気がした。

「伊勢めっちゃ考えとるがん、ほんまは離婚するのめっちゃ怖いんじゃないん？」

ぼくは意地の悪い気持ちになってにやにやと仕返しをするように言った。

「当たり前じゃろ怖いに決まっとるがん！　おれか草野のどっちか離婚したら転校す

ることになるかもしれんのんで？」

素直な気持ちを話せばお互いに同じ思いだった。木村さんとちゃんと話したことも ないのに、勝手な想像をして勝手に感情移入して落ち込んでいる。

「離婚せんようにするのってどうしたらいいんじゃろうか」

ぼそりとつぶやくと、

「草野が草野のお父さんとお母さんを仲良うしたげるんじゃがん」

少しの間もなく即座にそう答えた。

「なんじゃあそれ難しいでぇ」

言っていることは分かるけれど、自分に何ができるか考えても具体的なことは何も 浮かばなくてとても無力な気がした。しかし伊勢は、

「でもやってくれんと！　気持ちしかないんじゃから！」

と両手をあげ吹っ切るような口調で言った。気持ちしかないのだとはっきり言う姿 は清々しくて格好良かった。

「草野が転校したらぼく友達おらんようなるんで!?」

「それはぼくもそうじゃけど」

伊勢につられてやるしかないという気持ちが湧いてくる。どうしたらいいのかは分

からないけれど気持ちだけでも強く持っておこうと思った。

「な！　頼むで⁉」

「そうよな、父さんと母さん仲悪ぅならんようにぼくがんばるわ」

そう言うと強く背中を叩かれた。大きな音が鳴ったけどなぜか痛くはなかった。

「よしゃ言うたで！　おれもがんばるけぇ一緒にがんばろうな！」

目標が前向きなのか後ろ向きなのかは分からないけど、気持ちは明るくなった。こんな風に話しながら帰る時間がなくなるのはいやだ。

「お互い転校せんで済むようにな」

「約束じゃで！」

ぼくたちは、木村さんの転校がきっかけでお互いに転校しないという約束をした。

ぼくが家族を守る。転校しないでほしいと思ってくれていることが嬉しかったし、この時間を守るためにがんばるぞとぼくは決意した。

3

　ドラッグストアでの買い物を済ませて家に戻ってきた。父の暴れっぷりは日に日に増しているけれど、なんとか伊勢との約束は守られている。父はぼくを家の前でおろし、Uターンさせるためそのまま車を進めた。父から渡されたびしょびしょのTシャツを手に持ち、アッシュゴールドの箱が入ったビニール袋を脇にはさんで、勝手口の前に立つ。ぼくはインターホンが鳴った時や鍵を持たされている時くらいしか玄関を使うことがなく、基本的には台所へつながっている勝手口から出入りする。父から見えない位置になっていることを確認し、空いている方の手でTシャツをはたいてタバコの匂いを軽く落とす。少し嗅いでみると全然匂いが落ちていなかったので諦めて勝手口を開ける。

「ただいまー」

　腰かけて靴を脱ぎ、声を掛けると居間から母が出迎えてくれた。

「おかえり〜、外暑かっ、タバコくさ！　ちょ、こっち来られぇシュッシュしたげらぁ」

ぼくに近づいた母がタバコの匂いに気づいて消臭スプレーを手に取る。母もタバコを吸うので気にならないのではと思っていたけれど、どうやらタバコによるようで、父が今吸っているタバコの匂いはあまり好きでないらしい。だから母の嫌いなタバコを父が吸っている時期はぼくも匂いを気にするようにしている。

「小学生がこんなタバコくさかったらおえんてなんでわからんのじゃろうか」

母は消臭スプレーを噴射しながら言う。ぼくは胸を張って目をつぶり、口に入らないようぎゅっと唇を内側に巻き込んでそれを受け止める。スプレーの霧が顔の前からゆっくりと落ちていくのを待って目を開ける。

「父さんが新しいTシャツ持ってきてほしいって」

ぼくは父から渡されたびしょびしょのTシャツを見せる。母がそれを手に取ろうとしたのでぼくは母の手に汗がついてしまわないようにさっとTシャツを引いた。

「あ、渡そうとしたわけじゃのうてこんなになっとるからってこと」

「あっはっは、あんた別に気にせんでええんよ母さんやっとくけぇ」

「ううんこれぼくが洗濯機入れとくけぇええよ」

外で、車の旋回する音がして父の声がした。母はそれに大きな声で返事をし、Tシャツを探すために父と母の部屋に入っていった。ぼくはびしょびしょのTシャツが家のどこにも当たらないように気を使いながら洗面所へと向かう。外からは父の声がしている。母が部屋から出てきて、

「自分で取りに来たらええのになぁ」

と、父が選べるようにTシャツを何枚か持って渡しに行った。ぼくは無事どこにもTシャツを当てずに洗面所へたどり着いて、洗濯機に父のTシャツを入れる。ぼくも汗をかいていたのでついでに洗濯してしまおうとTシャツを脱いだ。脱いだところで手が止まる。洗濯機の中を覗くと今入れた父のTシャツがでーんとある。父には申し訳ないが、どうせ洗濯するのだとしても、自分のTシャツがびしょびしょのTシャツに当たるのが嫌だった。ぼくは、父のTシャツにぼくのTシャツが当たらないように丁寧に離して洗濯機の中に置いた。

居間に戻ると車の走り出す音がして父は再び出かけていった。父が選ばなかったTシャツを何枚か手に持って母が戻ってくる。

「リーダーに車のエアコン直してもらうついでに夜集まるらしいけぇ、今日は遅うなるって」

父は仲間のところに遊びに行ったようだった。それだったら初めから一人で買い物に行ってそのまま行けばいいのに、なぜ買い物に付き合わされたのか分からない。そう思っていたら母が、

「大地とドライブしたかったんじゃろうなぁ」

と、ぼくの心を見透かしたように言った。

「なんじゃそれ」

ドライブがしたいという感覚はぼくにはあまり分からない。父は車が好きで、今夜の仲間というのも車が好きな人たちの集まる会だろう。父ほどではないが母も車が好きなので、車に関しては父の気持ちに理解があるように思う。ぼくにでも分かる車の良いところというのは、いろんな景色を見られることくらいで、速さがどうとか音がどうとかは全く分からなかった。思えば父は車だけではなくあらゆることに興味を持っていて趣味が多い。常にやりたいことで溢れているといった様子で、さまざまなことに影響を受けながらあれやこれやとはまっている。

例えば茶髪にしたことや金髪にしたいと言い出したのは、スティーブ・マックイーンという映画スターの影響だった。テレビよりも大きなスピーカーを買ったりいろんなギターを買ったりしているのはビートルズの影響。そんな風にして色々なことに夢

中になっていく父に対して、ぼくは趣味と呼べるものがなかった。スポーツや習い事をしているわけでもないし、伊勢とも特別何かを続けているわけじゃなかった。唯一ぼくが昔から続けていることといえば、カエルのぬいぐるみを使って空想にふけることくらいだろう。ああでもないこうでもないと頭の中で物語を考えて、終わらない話を延々と続けている。ただ、こんなものは趣味とは言えないし、そんなことを考えていたら趣味と言える趣味があることが急にうらやましくなった。

「変な顔してどうしたん？」

母に言われハッとして顔を上げる。

「あんたそんな眉間にしわ寄せて鼻膨らましとったらおえんで」

母は父の選ばなかったTシャツをたたみ直して部屋へと戻しに行く。ぼくは持っていたアッシュゴールドの箱を居間の机の上に置く。

あぐらをかいて座り、箱を眺めながら改めて考える。父はなんで金髪にするのだろう。父が金髪にしようとしているのには何か納得のいく理由があるのではないか。父は金髪にすることで何を得たいのだろう。父はただただかっこよくなりたいだけなのかもしれない。自分の父親がなぜ金髪にするのか納得のいく理由が欲しくて別の何かを探してみたけれど、父はきっと金髪にしたらスティーブ・マックイーンみたいでかっこいいと思っただけなんだろう。だから金髪にしたいと思って実際に行動できる。

父は自分の気持ちにまっすぐな人だ。どう思われるかなんて少しも気にしていない。

箱に描かれた金髪の若い男がぼくを見て微笑んでいる。

「なにそれ!?」

戻ってきた母が驚いた様子で言う。

「いやこれ父さんが髪の毛染めるって、金髪」

「金髪!?」

ぼくは帰ってきてからずっと持っていたのだけれど、母はそのことに気づいてないようだった。

「あの人何考えとん!? 金髪なんかしてええわけないがん!」

父は母に内緒で金髪にしようとしていたらしい。染めてしまえば絶対にばれるのになぜ相談していなかったのだろう。

「茶髪にするのもやめとかれぇって私言うたのに」

「ノリノリで選んどったよ」

「いやっ、ハゲかけとんのにどしてノリノリで選べるん!?」

父は髪の毛が薄くなってきていた。母はできるだけ髪の毛を大切にして欲しいようで、茶髪に染めると言い出した時も反対していたらしい。

「めずらしく私にゆっくりしといたらええとか言うたんはそういうことか！」

母は、自分と行けば買うのを止められるため、ぼくだけ連れて行ったのだと察して呆れている。どうしたってばれるに決まっているのに、買ってしまえばなんとかなると思っているところが父らしい。

「母さんは父さんにハゲんとってもらいたいん？」

「そりゃそうよあんたせっかくかっこええのに！」

母の言葉は恥ずかしかったけどうれしかった。結局この日の夜、

「ほんま髪の毛大事にして」

という母の一言で、父のアッシュゴールドは母に取り上げられた。父は、

「金髪のわし見とうないんか！」

と抵抗していたけど、

「ほんまにどうでもええ！」

と母に言われあっさり負けていた。

昨日のことを伊勢になんと話そうかと田んぼを歩いていたら、父から走って逃げてしまった場面を思い出して激しい後悔に襲われた。なんであんなに目立つ恥ずかしいことをしたのだろう。もし誰かに見られていたらどうしようという不安で、お腹や胸がきゅーっと痛み、頭も肩も足も重い。

田んぼを抜け土手を降りると、伊勢がまだ来ていなかったのでぼくは大きな石を見つけて腰掛ける。少しするとお尻が冷たくなり、立ち上がって触ってみたらしっかりと濡れていた。腰掛けた石が濡れていたらしい。全部うまくいってないような気分になってさらに落ち込む。張り付く感覚が気持ち悪くてつまんで引っ張ってを繰り返していたら、土手の上からやっと伊勢がやってきた。昨日からこの瞬間までを一気に話してしまいたかったけど、伊勢はどんよりと肩を落としていて、ぼくよりずっと落ち込んでいるようだった。

「はぁ……おはよう」

伊勢はおはようと言うより先にため息をついていた。

「大丈夫？」

ぼくが聞くと、伊勢は首を横に振ってうなだれた。そのままとぼとぼと歩き出し、ぼくもその横に並んで一緒にとぼとぼ歩く。何かあったのだろうけど、無理に聞くと余計に落ち込ませてしまうかもしれない。ぼくは黙って伊勢のペースに合わせる。川沿いをしばらく歩いていると、舗装された道に出る。交差点があり、これを右に進むと早いけど他の班の通学路に合流してしまうのでまっすぐ進む。自分が話し出すのをぼくが待っていると感じたのか、伊勢は下を向いたまま喋り出した。

「分からんけど、うち離婚するかもしれん」

今にも泣き出してしまいそうな弱々しい声だった。伊勢の言葉に目が飛び出そうなほど驚いて、思わず表情に出てしまう。伊勢は下を向いていたのでこちらを見ていなかったけど、息を呑む音は聞こえてしまったかもしれない。

「何があったん？」

できる限りいつも通りの調子で返事をする。伊勢はそこで顔を上げて、ぼくに向かってため息まじりの笑い顔を作った。

「はぁーって感じですよ」

伊勢は、勿体つけているようでもあり話し出すための気合を準備しているようでもある。

「大丈夫？」

こんな経験をしたことがなくてなんと言ったらいいか言葉が出てこない。しばらく

歩いているとロープで区切ってあるだけの駐車場があって、

「とりあえずそのへん座る？」

捨てられているタイヤを指差した。伊勢がそのタイヤに腰掛け、ぼくは近くに転がっている一つを引きずってきて隣に座った。

「話せそう？」

ぼくがそう聞くと、

「昨日な、お母さんとお父さんがケンカしとったんじゃ」

伊勢は何があったのか話し始めた。

「親戚がうち来とったんじゃけどなんかお父さんがいつもよりお酒飲んどって、親戚が帰ってもまだお酒飲んどって、いやな予感がしたんよな」

伊勢は呆れたように自分の頭にぽんと手を置き、大きなため息を吐いた。

「お父さんめっちゃ酔っ払ってな、ほんまなんでそんなことしたんじゃろと思うんじゃけど、玄関でおしっこしたんよ」

「ん？」

「お母さんは最初怒っとる感じじゃのうて、も〜うみたいな雰囲気じゃったんじゃけど、それはおれがおるからじゃったんよな」

伊勢の肩がさらに沈み、暗い表情で話している。

「寝なさいて言われておれが布団入ったらな、そのあと二人でなんか言い争っとんの聞こえてきたんよ」

「そうなんじゃ」

「朝もな、おれとは話すけど二人は全然口利いてないけぇこれほんまに危ないやつなんじゃゃねぇかなぁ思うて、それで今こうなんよ、なんかごめんなぁ」

「ごめんなぁてぼくは全然ええけど大丈夫？」

「こんなん初めてじゃけぇおれどうしたらええんかわからんくて、お母さんに何があったんって聞いたらなんもないよ大丈夫って言われて、そんな訳ないけぇ余計心配なんよなぁ」

話を聞きながら自分の家と比べていた。頭の中で流れをまとめる。つまり伊勢のお父さんが酔っ払って玄関におしっこをし、そこからこじれたのかお母さんと口も利かないようなケンカになった。ぼくはおかしくて笑ってしまった。

「なんで笑うん⁉」

「いや違うんよ」

「なにが⁉」

「うちの父さんもいろんなとこでおしっこするんよ」

「は？」

「伊勢のお母さんがほんまのところ何で怒っとるかってわからんけど、うちの父さん酒癖めちゃくちゃ悪うてな、酔っ払ったらそこかしこでおしっこするんよ。それでめちゃくちゃ母さんに怒られるんじゃけど、次の日もまた酔っ払ってカーテンにおしっこしたりしとったことあるで」

「めちゃめちゃ怒られるんじゃないん」

「めっちゃ怒っとったけどな、なんかもうトイレ以外でおしっこするのは動物と同じじゃけぇ、動物に何言うても仕方ねぇって母さんは諦めとるみたい」

「そんなにおしっこひどいんか⁉」

「最近はなんかそういう時期を過ぎたみたいじゃけどそうじゃったんよ、じゃけ伊勢のお母さんにこういう人もおるらしいって言うたげて」

「なんかごめんな」

「ん？」

「うちの方がましな気がしたからなんかごめんな」

謝られながらぼくはなぜかうれしかった。実際は父が怒り出すこともあったり母が我慢しているのを見るのが辛かったりしたけど、そんな経験をしていたおかげで今ぼくは友達を慰められている。誰かが辛い時、自分の経験で人の気持ちを少しでも軽くすることができるなら、出来事には意味があった。

伊勢の表情が少し明るくなってきた。ぼくたちはタイヤを元の場所に戻して学校へと歩き出す。

「そういえばじゃけど今度の花火大会どうするん？　もしかしたら連れてってもらえるかもしれんのじゃけど、よかったら草野も一緒に行く？」

「花火大会なぁ、ごめんうちで見るんよなぁ」

「そうかええよええよ、ちょうどええとこじゃもんな」

「父さんが絶対うちで見るって決めとるけぇごめんなぁ」

「楽しゅうて酔っ払って花火に向かっておしっこしたりするんじゃねんか」

「人ん家の親にそんなん言うなよ」

笑い合っていたけどぼくたちは学校に遅れて少し怒られた。遅れた理由を先生に聞かれたけど、駐車場でおしっこの話をしていたとは言えなかった。

4

毎年夏休みの始め、近くの港で花火大会があり、ぼくの家はその花火を見るのに絶好の場所に建っている。山の中腹にあってなおかつ木々の切れ間になっており、海までの景色を遮るものがないため、港に出ている出店や人の賑わいを一望することができる。

花火大会当日の夜、ぼくと父は庭に出て花火の上がるのを待つ。なぜかぼくの家の庭にはコカコーラのベンチがあって、どうしてうちにこんなベンチがあるのか理由を聞いたことはないけれど、父はそのコカコーラのベンチに腰掛けてすでに三本目のビールを飲み始めていて、母は焼きそばやお好み焼きを作ったり、父のビールを注がなければいけなかったりと忙しい。ぼくは母に作ってもらったうすく甘いしょうゆ味の焼きとうもろこしを食べながら、庭でそわそわしていた。少し歩けば会場に行くこともできるけれどぼくたちは必ず家で過ごす。それは父が、

「港に行くやつはあほう」

「花火は離れて見ぃ」

と祭りの人混みや陽気な雰囲気を嫌っているからだ。毎年聞かされているせいか遺伝なのか、ぼくもお祭りに行きたいと思うことはなかった。花火が打ち上がる方向をぼんやりと見ながら今か今かと待っていると、夜空に突然ひょろひょろとした線が現れ、今年一発目の花火が打ち上がった。腰掛けていた父が立ち上がる。橙色の大きな花火。大自然の中、目一杯広がって空に咲く花火は真っ暗な夜を照らし出す。湖のような海面に反射する輝きや、花火の光に照らされた夜の山々の姿はこの日この瞬間しか見られない貴重な景色だ。次々に上がる花火をただ見ているだけで日々の様々な感情がなにもかも吹き飛んでいくように感じる。そしてその光を追いかけるように花火の音が山に響くときのあの包みこまれるような感覚、花火にはおよそ人間の作るものとは思えない畏れと感動があった。次々に花火が打ち上がり始め、今年も天気が良くてよかったと天に感謝する。そんなぼくをよそに、父は、

「おんどりゃあああ!」

「ぶちかましたれえぇ!」

と、花火に向かって全力で叫んでいる。子供のような父を見ているとまるで自分が

親になったようにあたたかい気持ちを感じた。仕掛け花火や動物のように見える花火が次々と上がる。父は酒に強い人ではなかった。しかし花火をあてにして飲む酒は格別な味がするのか、普段よりペースも量も異常で、すでに三本目のビールを飲み干していた。父は空の瓶を天に突き上げ、大きな声で母を呼ぶ。花火の音で父の声が聞こえなかったのか、母は勝手口から台所へと入っていってしまった。自分の声が届かなかったことに腹を立てたのか怒鳴るような声で、

「うっるせぇんじゃ！」

と、花火に向かって叫ぶ。ぼくは代わりに勝手口に行って網戸の向こうの母に父のビールが無くなったことを伝える。庭へ戻ると父はどかっとベンチに腰掛け、ビールと声を張り上げいらいらと貧乏揺すりをしていた。

ぼくが伝えにいってすぐに母は新しいビールの瓶を持って外へ出てきた。父は母に気づき、早く持ってこいというような身振りで母に向かってくだを巻く。花火をちらちらと盗み見るようにしながら父の方を見る。ビールを持ってきてもらってもやいやいと騒いでいる父。しかし母は、呆れたような顔をしつつも微笑んで父のグラスにビールを注いだ。

その時、特大の花火が上がった。今日一番の特大の花火は、形や仕掛けなどではな

くただただ圧倒的な大きさで観る者の心を夜空へと吸い込んだ。ぼくの目の前でビールを注ぐ母とグラスを持つ父がシルエットを描いている。この光景をきっと何年経っても大人になっても思い出す、忘れず思い出せる景色にしよう。そう思った瞬間、特大の光に遅れて特大の音がやってきた。爆発が起きたように体中が震えて足の裏が揺れる感覚がある。それは父と母も同じだった。特大の花火で父と母の手元は震え、どぼどぼとビールがこぼれてしまった。固い砂の上にこぼれたビールが母のサンダルを囲むようにじんわりと広がっていく。父はグラスを持っている手にこぼれたビールを吸うように舐め、見上げるようにして母をにらみつけると、

「なにこぼしとんならおめぇ頭わりんか」

と、すごむようにして母を怒鳴りつけた。ぼくは花火とは違う震えを体に感じる。父はかなり酔っぱらっていた。怒った父はグラスに少し入ったビールを一気に飲み干し、母からビール瓶を取り上げた。そうして瓶に口をつけ、中に残っていたビールをそのまま飲みきってしまった。

「わしの金で買うたビールじゃのにから、なんで金払うてねぇおめぇに捨てられにゃおえんのんなら？　ほんまじゃったらもうちょっと飲めたんじゃで？」

後ろでは花火が続いていて、クライマックスに向けてさらに盛り上がっている。し

かし父はどうしようもなくたちの悪い酔い方をしていて、せっかくの花火が台無しになっていた。

「なにしてくれとんなら」

父は凍りついた空気をさらに厳しく追い込んでいく。母は目を背けることなく父を見ていた。父はそんな母の目が気に入らなかったのか、一度空を見上げた次の瞬間、ビール瓶を逆さまに持ちかえ、そしてその瓶の底を母の顔に向けた。

「なに考えとん？　そんなことしてなにになるん？」

母は一歩も引かずに父に言う。ぼくは苦しくなって息を吸う。いつの間にか息ができなくなっていた。それほど空気は張り詰めていて、立っているのもやっとだったし現実のものとは信じられなかった。

「おめぇ誰に向かって口利いとんな」

落ち着かせようとする母に対して父は一層怒りを増している。母は変わらずまっすぐ父を見ているがその指先は震えていた。ぼくはただ見ていることしかできない自分の弱さをまざまざと突きつけられて涙が出てきた。

その時、父がビール瓶を握っていた手を突然離した。手から離れたビール瓶は自らの重さで回転し落ちていく。その瞬間に花火が光った。ビール瓶の割れる音がして母が顔をしかめると、父が顔を近づけ、花火の音の中で何かを言った。聞こえなかったけれど父が何かを言って顔を離した次の瞬間に、母はふっと気を失って膝から崩れ落ちた。倒れ込んだ母の足にビール瓶の破片が刺さり、母は出血した。ぼくは気が動転してどうしたらいいかわからず父を見る。父は一瞬驚いたような顔をしたがすぐに走って家に入り、タオルと電話を持ってきた。父は母の口にタオルを突っ込んで舌が喉を塞いでしまうのを阻止する。そしてぼくに電話を渡して、

「一一九せぇ」

と冷静に言った。とにかく電話をかけなければいけない。ぼくは何が何だか訳が分からずただただ慌てていた。電話の仕方もわからなくなって息の仕方も混乱していたら、父がぼくから電話を取り上げて一一九にかけて住所を言った。花火はクライマックスを迎え、祭りの終わりを告げるアナウンスが遠く聞こえている。睨みつけるぼくを無視して、父は母を見ていた。

母は入院し、花火の夜から父とはまともに話をしていない。夏休みが始まり学校に行く回数もぐんと減ったため、誰にも言えないまま過ごしていたら伊勢がもう我慢な

らないという調子でぼくを呼び出した。

「おれめっちゃ焼きそば食べとったわぁ」

花火の夜の話を聞いた伊勢が気の抜けた返事をする。なんと説明していいかわからずしどろもどろだったけれど、なんとか話し終えると多少気持ちが楽になった。伊勢はぼくが大変な思いをしていたことを知り、そんな時に自分が焼きそばを食べていたことが不思議議だったらしい。

「なんでもっと早う言うてくれんかったん？　学校のプールも全然一緒ならんし、言うてくれたらよかったのにって言うても仕方ないんじゃけど、大丈夫なんか？」

「……大丈夫じゃあねぇかなぁ、なんもできんかったなぁって」

「なんもできんかった、かぁ」

ぼくは黙ってしまい、そのせいで伊勢も何も言わなくなった。ぼくがこんな話をしたせいで、気分を落ち込ませてしまったかもしれない。

「ま！　まぁまぁ！　うちの父さんってそういう人じゃしなぁ、母さんもすぐ元気になると思うわ。夏バテとかかもしれんし。わからんけどまぁ父さんも父さんでなんか色々考えとるじゃろうし、心配かけてごめんなぁ」

明るく振舞おうとしてぎこちなくなってしまった。

「いや！　勉強というかな、なんじゃうちの家！　やばぁ！　みたいなことじゃと思うて夏休み乗り切るから大丈夫じゃで！」

伊勢はまだ黙っている。ぼくは気まずさで胸がざわざわして、もう少し考えてから話せばよかったと後悔した。ぼくが伊勢に謝ろうとしたその時、

「なんかわからんけどやぁ！」

伊勢が突然、空気を振り払うように大きな声を出しぼくは驚いた。

「草野って、なんかずっと無理しとんじゃねん？」

伊勢は少し怒っているような口調だった。ぼくは困惑して口をぱくぱくさせてしまう。

「こないだのドラッグストアの話もそうじゃけど、なんで草野がそんなに考えんとダメなん⁉」

伊勢はぼくの父に怒っていた。

「草野って他のやつと違って落ち着いとるというかいい意味でませとるなぁて思うとったんよな」

ぼくは厳しい表情で話す伊勢に少しおびえていた。伊勢が怒るところを見るのは初めてだった。

「でもほんまは違うんじゃねん？　お母さんが困っとるとこ見て自分は迷惑かけんようにせんと気を使わんとって背伸びしとるだけじゃねん？」

伊勢はぼくのために怒ってくれているのだろうけど、理解ができなかった。

「もしそうじゃとしたらなに？　なんかおれが悪いみたいに聞こえるんじゃけど」

「いや子供なのになんでそんなに気を使わんといけんのんって思うんよ⁉　自分の思うとることとちゃんと言うとるか⁉」

「なんも知らんくせに勝手なこと言うなや」

ぼくは母が倒れて気が気じゃない、そしてその気持ちをできるだけ隠して迷惑をかけないようにと頑張っているのに、ぼくの気持ちを無視して責めてくる伊勢に猛烈に腹が立った。

「こっちがどんだけ顔色窺《うかが》って生活しとると思うとんな」

「そんなこと考えずに甘えたらええがん！」

「母さん倒れとんじゃ！」

ぼくの言葉に伊勢がうつむき、さらに怒りが増してくる。

「ぼくと母さんはずっと父さんに気使って暮らしとったんよ！」

うつむいたままじっと固まっている伊勢にぼくは言葉を続ける。

「なにするかわからんなにされるかわからん、伊勢には言えんことも山ほどある。頑張ってしっかりせんと失敗せんようにって気合入れて生きとるのに」

ぼくは言いながら涙が出てきてしまった。しかし同時に、なぜこんなことを言ってしまったのか、なぜ泣いてしまったのかとも思っている。時々こんな風に自分からはみ出してしまうことがある。自分の体なのにまるで他人の身体のような感覚になり、意識がはみ出してあらゆることが他人事のように感じられる。しかし、顔を上げた伊勢はとても悲しそうな目で、

「そんなに自分のこと追い込まんでええんじゃで？」

と呟いた。ぼくは伊勢の言葉がきっかけで、吸い込まれるように自分の体に感覚が戻っていくのを感じた。痺れたような感じがして手を軽く握ったり開いたりする。ぼくは一体なにをしているのだろう。頭が少しぼーっとしているけど、悪い気分ではなかった。

「母さんが倒れるなんて思うとらんかった。ぼくに大変な姿見せとうないじゃろうから無理しとったんじゃろうけど、倒れたらだめじゃがんなぁ？」

伊勢がぼくの肩にぽんと手を置いて慰めてくれている。

「ぼくは、父さんと母さんに仲良うして欲しいだけなんよ……」

様々な思いがこみ上げてきてその場でうずくまってしまった。

「なんで父さんはぼくらのことを大事にせんのじゃろう？　こんなに父さんのためにいろんなこと考えとんのになんで……」

「大丈夫、それを言えたら大丈夫じゃと思うで」

伊勢がぼくの肩を強く摑む。意識がきちんと自分の中にあることが嬉しかった。自分からはみ出してしまうとき、ぼくはきっと現実を受け入れられなかったのだろう。他人事のように不思議がったり面白がったりすることで、なんとかダメージを受けないように自分なりに戦っていたのだ。

「怒ってくれてありがとうな」

「そんなつもりじゃなかったんじゃけど、ごめんな」

伊勢はぼくの気持ちに入り込んでぼくの立場で怒っていた。だから怒りを抑えて気持ちを伝えないという選択をしたぼくにも怒りを感じたのだ。伊勢が怒ってくれたおかげで、ぼくは自分のするべきことがわかった気がした。

5

八月末。母はまだ入院していて、ぼくは父と二人で暮らしている。母が倒れた原因や入院することになった理由はいまだに教えてもらえず、父は、

「おめぇは知らんでもええんじゃ」

と言うだけだった。自分が原因だとわかっていて、説明をはぐらかしてぼくにも謝らない態度が本当に情けない。二人で暮らし始めた最初の日、父はご飯を作ると焼きそばを買ってきた。あんなことがあったのになんで同じメニューを食べたいと思ったのか神経がわからない。父は何も気がついていないようで、半袖をさらに腕まくりして上機嫌だった。ソースがついてくる簡単なものだったけど、父はオリジナリティを出そうと別でソースを買い、それを付属のものと合わせて炒めていた。しかし案の定味が濃すぎたようで、出来上がった焼きそばを味見した父が、

「こりゃおえん、リセットじゃ！」

と言い、出来上がった焼きそばをざるに移して水道でじゃばじゃば洗い始めた。ぼくはその光景にクラクラして余計に落ち込んだ。炒め直した焼きそばは太く柔らかくて気持ち悪い味と食感だったけれど、父はぼくが気を使ってまずいと言わないことが面白かったようで満足気だった。

結局ご飯を作ったのはその日だけで、次の日ぼくの分のカップ麺を大量に買ってきて、父は自分だけ外食に出るという日が続いた。父が外に食べに行っている間、テレビをつけてはいけないと言われていたけど、カップ麺にお湯を注いで待つ間だけはテレビをつけた。流れも何もわからないけれど、画面の中はとてつもなく明るくて観ているだけで気持ちが良かった。父は帰ってきてからお酒を飲み、居間で寝てしまうのでぼくがなんとか起こして寝室まで連れて行った。父は朝が早いので起こすために目覚ましを四時五十分にセットして寝る。

ぼくはこんな父と二人で暮らしていかなければいけないことが心の底から嫌だった。だけど、伊勢と話したおかげで自分の気持ちも整理できた。ぼくは、今日こそ必ず父と話をしようと決意を固めていた。

しかし、父は髪の毛を金髪にするクリームを頭に塗り、髪の毛になじむのを待ちながら、全裸でギターを練習していた。なぜ今日急に思い立ったのかわからないけど、父は母に取り上げられていたアッシュゴールドの箱を突然開けて髪の毛を染め始めた。居間に新聞紙を敷いてその上にあぐらで座り、ウイスキーの入った薄いボトルを脇に置いて、ギターのコードが書いてある本を見ながらビートルズを弾いている。ギターを抱えている父は真剣だった。ぼくは考え込んでしまう。

「お茶持ってけぇ」

父に言われて冷蔵庫から麦茶を出してグラスに注ぐ。ぼくはギターを弾く父のために注がされる麦茶をぼーっと見る。背中でアコースティックギターがじゃらんじゃらんと鳴っている。ぼくは父がギターを弾く理由が全くわからなくてそればかり考えていた。

「注いだんじゃったら持ってきてくれぇ」

父に言われてハッとして麦茶を渡すと、父はウイスキーを飲んで麦茶を飲んだ。自分の分も注ぐ。しかし父はなぜか今金髪に染めようとしていて、久しぶりじゃのぉと言いながらギターにキスをしてビートルズを練習している。ぼくは父のことをまるで全く関係のない他人の生活を覗き見ているような気持ちで見つめていた。ぼくはビートルズがどんな見た目の人たちかわかっていなくて、スティーブ・マックイーンだけじゃなくビートルズも金髪だから金髪にしようと思い出したんだろうと思った。

「ぶぇっくしょい！　っじゃ、あほんだらぼけこのぉ！」

父は自分のくしゃみにぶちぎれた。そのせいで髪の毛にクリームがなじむのを待っていることも面倒臭くなってしまったのか、突然ギターを置いて風呂場へと向かった。雑に置かれたギターがぼぉーんと響いている。ぼくはなんとなく、母はここへ戻ってきてはいけない気がした。ここに戻ってきたらまた倒れてしまう気がする。どうすればいいのだろう、父が変わってくれればいい。決心を思い出して胸がどきどきとする。その場でただ考えているだけなのに息が上がっていることに気がついた。頭の中でさまざまな思いが浮かんで言葉になるとより一層脈が速くなった。ぼくは父に一言だけ伝えると決めた。こわくないふりをするのはもうやめよう。自分の気持ちを素直に伝えよう。

ぼくは覚悟を決めて父のいる風呂場へと歩き出す。緊張しているしこわいけど、それでいいと思った。ただ思ったことを父に言う、母のために自分のためにということは考えないように。父が歌っている。風呂場のドアを開けると父は頭を流していた。シャワーの音でこちらに気づいておらずまだ鼻歌を歌っている。父がシャワーを止めたところで、

「父さん」

と父の背中に声をかけた。

「うおわ‼　びっくりするじゃろうがこのあほんだらぁ！」

父はそう言って笑った。父は機嫌が良かった。ぼくは風呂場まで来て呼びかけたのに、言葉が出てこなかった。

「なんなら？」

風呂場の外で固まってしまう。風呂から出てくるのを待てば良かったのになんで慌ててしまったのだろう。

「なんなぁて？」

すごむような口調に心臓がどきんと痛む。こわくて仕方がない。そんなことはわかっていたし、その上でぼくは自分の気持ちを父に伝えると決めたのに、思うように口が開かなくて自分が情けない。父はぼくを見ながら首を傾げる。

「用があるけぇ来たんじゃねんか、どしたんなら？」

父の方から聞いてくれたことに一瞬驚いた。ぼくは今しかないと覚悟を決めて、素っ裸の父に向かって言った。

「あのな、もっと、ぼくと母さんにやさしゅうして欲しい」

脈絡もなにもなくぼくはただその一言しか言えなかった。突然こんなことを言うべきではなかったかもしれない。もっと上手な伝え方があったかもしれないのに、気持ちが勇んで慌ててしまった。頭の中がぐるぐると後悔に包まれていく。父は固まって目を見開いていた。ぼくは父のリアクションをおそるおそる待ち構えた。止まったシャワーからぽたぽたと水滴の垂れる音が風呂場に響く。

「……ずっと思うとったんか」

父は少し声をふるわせて自分に確かめるような言い方で言った。父のこんな虚ろな表情は見たことがなくて、おそろしかった。ぼくは頭の血がさーっと引いていく感覚がして、いまにも倒れそうになるのを我慢している。しばらく沈黙が続いた。ぼくはぶん殴られる可能性もあると思っていたので、父がぴくりとも動かずに固まってしまったことに驚く。

「居間戻っとけ」

ぼくは父に言われてすぐに居間へ戻った。怒っているようにも苦しんでいるようにも見えた神妙な顔がこわかった。風呂場の戸ががらがらと鳴る。人生が変わるかもしれない。これから戻ってくる父が、少しでもやさしくなってくれていたらぼくはどんなにうれしいだろうか。戻ってきた父はぼくになんと言うのだろうか。いやな想像が頭に浮かぶ。生意気なことを言うなと怒鳴り散らすパターンもあり得る。もしそうだったら何をされるかわからない。ぼくは勝手口の鍵を確認する、もしいやな想像が当たった時は走って飛び出よう。もし怒らなかったら他にどんなことをするだろうか。何事もなかったようにギターを練習しだす、ビートルズを歌い出す、というパターンもあるだろうか。ぼくは拳を固く握り締め、こわくて閉じてしまいそうな目をこじ開けて待つ。ぺたぺたという音を立てて父が居間に戻ってきた。

「今まですまんかった」

父はぼろぼろと泣いていた。目の前の光景が信じられなくてぼくはあ然としていた。父は金髪になっていた。なにが違ったのか、パッケージの男の淡い金髪とは違う濃い金髪になっている。金髪になった父が目の前で泣いている。ぼくはこの異様な光景を母に見せてあげたいと思った。

「今までほんまにすまんかった、ずっとそう思うとったのに言えんかったのは父さんのことがこわかったからか？」

とてもはっきりと聞かれたのでぼくは困ってしまう。

「父さんはおおあんごうじゃのぉ」

ぼくはなにも言えなかった。しかし父は、黙っているぼくを切なそうな苦しそうな目で見ていた。そして黙ったぼくに向かってうんうんと頷き、

「ほんまにすまんかった」

そう言って父はぼくを抱きしめた。父のひげがじょりじょりと痛く、それが可笑《おか》しくて笑った瞬間、なぜか涙が溢れた。可笑しかったのに、涙が止まらなくなってぼくは慌てる。それを見た父がさらに泣き出してぼくを強く抱きしめた。抱きしめる力がとても強く、ぼくは痛さと可笑しさで涙を流しながら笑った。


父が金髪にした次の日、ぼくは父に連れられて近くに住む母方のおばあちゃんの家へ向かっていた。

「いまの父さんはおめぇにとってええ父さんじゃねぇ」

ビートルズが爆音で流れる中、神妙な顔でぼくにそう言うと、父はタバコを思い切り吸い込んで車の外に放り投げた。そうして、

「じゃけぇおめぇはおばあちゃんのところで暮らせぇ」

と言った。想像だにしていなかった父の言葉に驚く。ぼくは固まったまま分かったような分かってないような返事をした。父が真剣に考えていることは伝わった。これからおばあちゃんの家で暮らすことになるかもしれない。ぼう然としていたけれど、

つまりは父と一緒に暮らさなくてもいいということなんだと理解した。父には申し訳ないけど、うれしさがこみ上げてきてにやけてしまう。

おばあちゃんの家に着くと、ぼくを車で待たせて先におばあちゃんと話してくると言った。おばあちゃんの家はぼくの家よりずっと古いのに豪華というか上品というか、家まで含めておばあちゃんという感じがした。玄関が開いて父とおばあちゃんが出てくる。父が頭の上に腕を振り上げて大きな丸を作る。父は丸だと思っているから丸を作っているが、それを見ているおばあちゃんは心底呆れた表情をしていた。

父は土下座をしたらしい。おばあちゃんがぼくに告げ口したわけじゃなくて、父自身の口から聞いた。それを言ってしまうあたりが父らしい。

「わしは人生で初めて土下座した」

なぜか土下座をしたことを報告する父は満足気だった。

「母さんが元気になるまでおばあちゃんが母さん風ご飯作ったげるけんね」

おばあちゃんは大きな黒目で微笑んでくれた。


母の病室は六人部屋だった。母を含めて二つしかベッドが使われておらず、人が少ないのはいいことなのだけど、それがなんだかさみしく見えた。病室には母がいなくて、看護師さんに聞くとちょうど散歩に行っているとのことだった。ぼくはおばあちゃんと二人で母の入院している病院に来ていた。

「大地くんお母さん戻ってくるまでになんかパンでも食べる？」

おばあちゃんはところどころ白髪があったけど、さっぱりとしたショートカットと丸い顔で雰囲気は少年のようだった。病院の売店で、コッペパンにいちごジャムがはさんであるパンと、シャケのおにぎり、緑茶、麦茶、紙パックのカフェオレを買う。緑茶以外はおそらくぼくのために買ってくれたのだと思う。

「他なんもいらんか？」

おばあちゃんはぼくに甘い。パン一つで良かったのに、帰りにお腹が空いた時のためのおにぎりとそのおにぎりのための麦茶もつけてくれている。

「うん大丈夫」

店員さんがレジ袋に詰めてくれたので、おばあちゃんに持たせないようにぼくが横から受け取る。するとおばあちゃんがレジ袋を取ろうとするので、

「持つ持つ持つよ」

と言ってぼくはおばあちゃんに袋を持たせないように歩き出す。

「大地くんはほんまやさしゅうてええ子じゃねぇ」

と、おばあちゃんは甘すぎる目でぼくをうるうると見つめている。母の病室は三階にあり、ぼくたちはエレベーターに乗り込む。そこでぼくが開ボタンを押して乗ってくる人を待っていたら、おばあちゃんはそれに対してもうるうるきらきらと、この子はまぁなんてやさしい子なのという目をしていた。ボタンを離しドアが閉まりかけた時、スリッパで駆けてくるような音が聞こえたのでぼくは開ボタンを押した。

「すみませんありがとうございます！」

と言ったその声は、パジャマ姿の母だった。おばあちゃんが、今この子が音で察知してドアを開けたのよ、という誇らし気な顔でぼくと母を交互に見る。ぼくは、

「走らんでええのに！」

と、久しぶりの母に向かってにこにこと言った。

「おにぎりやこ、買っちゃらんでよかったのに」

病室でレジ袋を広げた母がおばあちゃんに言う。おばあちゃんがまぁまぁとなだめながらコップに緑茶を注ぎ、

「具合どうなん？」

と聞く。母が小さくいただきますと言ってお茶を飲む。

「もういつ帰ってもええくらいにはまぁ良うなってきとるよ、じゃけどまぁ気持ち的なものもあるし言うて医者が帰らしてくれんのよね、もうちょいかかるみたいじゃわ。いうてもあと一週間くらいみたいじゃけどなぁ」

「ほうなんじゃ、ほいだらなんかちょっと安心したわぁ顔色も元気そうじゃし。丈一くんがうちきて話聞かされた時はほんまびっくりしたけど、いや思い出してもまだびっくりするけどな？　とにかく大地もあんたも無事で何よりよ」

母とおばあちゃんは親子の顔になっていた。ぼくは、母がぼくには見せない表情をしている気がして、おばあちゃんの前では母も子供なんだなぁと思っていた。

「そうじゃ大地くん、ちょっとだけ母さんとばあちゃん二人で話してもええ？」

二人とも一息で一気に喋るのでここまでなにを話していたのかよくわからなかったけど、ここからはどうやらぼくに聞かれたくない話になるらしい。ぼくはここまでの会話もよくわからなかったので別に大丈夫だと思い、

「いやぼく別になに聞いても大丈夫よ」

と言ってパンをほおばった。母がそんなぼくに向かって、

「あんたは聞かんでもええ話をするだけじゃけえ、ちょっと外行っといで」

と言う。ぼくの想像は良くも悪くも過剰で、こういう場合は悪いほう悪いほうへと

考えてしまう。

『ええ子ぶっとるけど全然周りのこと見えてないんよなぁ』

『やっぱり丈一くんの子なんよなぁ』

『ええところだけは全部私ににとるけど悪いところは全部あの人そっくり』

想像していると結局父の悪口になってしまった。こんなことを思われていたらどうしようと苦しむだけなのに、自ら想像して考え込んでしまうのだ。特にこんな想像が最もひどい。それは母の体は全く良くなっておらず、ぼくらが想像していたより重い病気で母の命はもう長くなく、ぼくをどうするのかなど今後の話をしているという想像。まだ二人で話をしたいと言われただけなのに、もしもそんな話をするのだとしたらどうしようと涙が出そうになる。ぼくになにも聞かせたくない理由もこれなら納得がいく。母が元気そうに見えることが余計に不安になり、本当に涙が出てしまいそうになった。そわそわしているのがばれたのか、二人がこちらを見たのでぼくはあくびのふりをしてごまかす。

「ふぁあ〜」

「あんた眠いんじゃろぉ？　ちょうどええが一回散歩してこられ」

「……わかった」

ぼくは返事だけしてわざと時間をかけてのろのろと動く。しかし駄々をこねていると思われたくない。弱っている母と優しくしてくれるおばあちゃんの前で、自分はいい子でいなければならないという思いも浮かび、この場を離れるのはとてもこわかったけどぼくは母の言う通りに病室を出た。

病室を出て歩き出した瞬間にもう一つの可能性が頭に浮かんだ。もしかして母は、離婚を考えているという話をするんじゃないだろうか。一度考え始めると再び頭の中で二人の声が喋り出し、いつ離婚するのかとおばあちゃんが聞き、近いうちにと答える母が想像された。悪い想像をいくつかしたけれど、この中からどれかが現実になる可能性はどのくらいなのだろう。どんなにありえないような想像だって可能性はゼロじゃない。ぼくに想像できることなんて、無数にある可能性のごく一部でしかなくて、もっと考え方を広げれば幸せな想像をすることもできるはずなのに、なんでいやな想像ばかりしてしまうんだろう。立ち止まって耳をすませたけど、病室の外からは二人の会話を聞き取れなかった。話をすると言われて病室を出たものの、いつ戻って来ればいいのかわからなかったのでぼくは本当に病院の中を散歩することにした。

ここにはいろいろな事情で辛い痛みや思いを抱えて過ごしている人がたくさんいる。今すれ違った男の子も病気なのか怪我なのか、痛みや苦しみの中で不安な想像をして過ごしているかもしれないと思うと、つらい気持ちになった。

ぼくはエレベーターのボタンを押して待つ。ドアの上に数字のランプがあり、今どの階にエレベーターがあるのかそれを見ればわかるので、目で追いかけているとドアが開いた。中には誰も乗っておらず、エレベーターはぼくを待っている。ぼくはなんとなく乗らなかったらどうなるんだろうという気になって、そのままドアが閉まるのを待ってエレベーターを見送った。なんだか悪いことをした気分であまり楽しい気持ちにはならなかった。

ぼくは伊勢と、お互いに家族を守ろうという話をしたことを思い出す。ぼく一人にできることはごくわずかで、家族はそれぞれが力を合わせて成り立つものだった。こんなに思い詰めなくても良かったのだと力が抜け、ぼくはエレベーターの前に立ち尽くす。エレベーターのボタンをもう一度、強く押した。降りてしまったエレベーターが再び三階に戻ってくる。ドアが開き、ぼくが乗り込もうとしたら中から人が降りてきた。それは父だった。

「おぉ、ナイスじゃのぉ」

父はわかりやすいお見舞い用のフルーツのかごを持ち、片手をポケットに突っ込んで立っていた。ぼくは驚いて、

「どしたん仕事は!?」

と聞くと、

「はよ終わらして甘えさせてもろうたんじゃ」

とフルーツのかごをひょいと掲げた。

「ほいじゃあ連れてけぇ」

父はぼくに、母の病室へ案内するよう命令する。ぼくは父を母の病室に案内した。そんなことはないだろうけれど、もし二人が父の話をしていたらまずいので、ぼくは父に少し待ってもらい、しゃがみながらこっそりと入って様子を窺う。

「吉岡さんとこの息子さんがそんなじゃけぇ町内会やめる言うとんよ」

「ほんまにぃ、やめるてそういうもんじゃねかろうに、じゃあうちがまたやらんとおえんのかなぁ」

「じゃけ友崎さんとこお願いしといたんよ、またなんか贈らんとおえんなぁ」

どうやら単純にぼくに聞かせたくないご近所の噂話をしていただけみたいだ。ぼくはこっそりと病室を出て父に合図を出す。父はいつの間にかパイポをくわえていて、そのまま病室へ飛び込んでいく。そういうところが父の良くないところで、きっと良いところでもあるのだろうと思えた。

父は母の姿を見るなり泣き出して抱きついた。廊下から病室を見ていると、ぼくは写真を見ているような気持ちになった。父はわんわんと泣いた。自分のせいで母が入院していることへの後悔なのか、思っていたより元気そうで安心したのか。じゃああのギターやその金髪はなんだとも思うけど。おばあちゃんは呆れていて、母も呆れていた。しかし母の表情を見ると、良くも悪くも父のその素直な心に惹かれたのだと伝わってくる。ぼくはなんだかなという顔をして見ていたけど、内心はぼくの行動で父を変えられたような気がしてうれしかった。父はベッドの脇の縦に細長い棚の上にフルーツのかごを置く。おばあちゃんがすぐにそのかごからりんごを取り出して皮を剝き始めた。父は、おばあちゃんがいなかったら皮を剝いていたのだろうかと思う。父が包丁を持っているところは見たことがないので母に任せるつもりだったのではないだろうか、フルーツだけ買ってきてあとは病人に剝かせるつもりだったのか、そう考えるとおかしい。おばあちゃんがりんごを剝いているその横で、

「すぐ来れんですまんかった」

そう言って父は病室の床に膝をつき、母に向かって土下座をした。

「やめてほんま、そんなんすこしも嬉しゅうないよ」

母は慌てていた。ぼくも自分の父親の土下座なんて見たくない。しかし父はそうい

う男だった。おばあちゃんが父の背中をポンと叩き、

「みんなでりんご食べよ」

と、母のベッドの上にりんごを置く。立ち上がって顔を上げた父が、土下座した直後とは思えないかっこつけた表情をしていて笑ってしまった。父はそのあと、勝手に金髪にしたことをしっかり怒られ、怒られている途中なのにりんごを食べようとしてさらに怒られていた。

6

春。ひとつ学年が上がり、少しずつ暖かくなってきた帰り道。伊勢から、引っ越すことになったという話を聞かされた。突然のことだった。お父さんの転勤が決まり、それについていくことになったらしい。伊勢がお父さんとお母さんから話を聞かされた時にはすでに全てが決まった後で、転校したくないと言う時間すらなかったらしい。

「約束破ってごめんな」

説明が終わると伊勢はぼくに謝っていた。なにも悪くないのに、伊勢はもう一度ごめんと言った。ぼくは謝る必要ないよと言いたいのに、さみしい気持ちが込み上げてきて、

「伊勢とお母さんだけ残ったらええのに」

と、責めるような口調で強く当たってしまった。すぐに、そんなつもりじゃないのだけどと訂正してぼくも謝る。

「草野大丈夫なんかなぁ」

伊勢がぼくを心配そうに見ている。

「おれは転校してもうまいことやれると思うんじゃけどな、草野はおれおらんかったら大変な気するわぁ」

「大変？　大変って？」

「じゃって、おれ以外に仲良いやつおらんじゃろ?」

伊勢に言われて考えてみると、ぼくは伊勢の他にまともに話せる友達はいなかった。それは伊勢がいなくなると考えていなかったし、別に無理をして友達を作らなくてもいいと思っていたからだった。

「無理して友達作らんでもええけど、おれ以外のやつも別に悪いやつじゃねぇし、考えとる子はちゃんと考えとると思うよ?」

ぼくの考えを察しているように先回りして言う。ぼくは同級生を冷めた目で見ているところがあった。伊勢と仲良くなったのだって、話し方や考え方だったりグループを作ろうとしないところが気に入ったからだった。ぼくは早く大人にならないとと背伸びをしていて、伊勢から近い価値観を感じたことは大きい。伊勢に言われて他の子たちがどんな事を考えているか知ろうとしていなかったことに気づく。ぼくは、伊勢といることで賢いような気分になれることが嬉しかっただけなのかもしれない。ぼくは返事をせずに大きくため息をつき、

「ええ友達できたらええなぁ」

とお互いのことを思いながら言った。

「よう考えたらおれら全然遊んでねぇしなぁ」

振り返ってみれば、休みの日にお互いの家を行ったり来たりという関係ではなかった。家の事情があったりしたけれど、こうして話していると友達というものをよく知らないだけだったのかもしれない。

「なんで仲良いんじゃろうか」

「たまたまじゃで」

伊勢は気持ちいいほどさっぱりしていた。

「お父さんの話またなんかあったら聞かせてな」

「いやじゃあもう」

伊勢のおかげで勇気が出たこともあった。頭の中に感謝の言葉が浮かび、それが照れ臭くてにやけてしまう。

「それじゃあ元気でな」

「いやまだおるから」

今日で最後かのような台詞を言うぼくに対し、伊勢がすぐに訂正する。ぼくたちは、こんなことを何度か繰り返しながらいつものように家に帰った。


父はよくおおあんごうという言葉を使った。

「ぶちくらわすぞこのおおあんごう」

「どこみて運転しとんなこのおおあんごう」

「わしゃおおあんごうじゃけぇのぉ」

変な口癖だった。おそらくなにかいやな意味のことを言ってるのは分かるけど、他の人が使っているところを聞いたことがない謎の方言。ぼくはずっと父が理解できないでいる。去年から考えればずいぶんと穏やかになったような気もするし、春が来て暖かくなっても外で脱がなくなった。けれど父には相変わらず野蛮さが残っていて、車に乗るとほぼ全員に対して免許を返すよう怒鳴っていたし、道は全て灰皿だった。

夜ご飯の後、父はお酒を飲みながらテレビを見ていた。お酒を控えるようにしていたはずの父は、最近毎日のように酔っぱらっている。クイズ番組が始まり、その中で誰かが間違えるたびにおおあんごうと言うので、ぼくは思い切って、

「おおあんごうってどういう意味?」

と聞いてみた。

「おおあんごうがわからんちゅうことがおおあんごうじゃのう」

実の父とは思えないようなじめっとしたいやな言い方をされ、聞かなければよかったと思った。前に教師が主人公のドラマが流れていて、主人公が生徒の両親に向かって子供は生まれてくる親を選べないから親が子供に選ばれたという自覚を持て、というようなことを説教していた場面が急に頭に浮かんだ。ぼくはそれを聞いた時に自分に当てはまるような感覚がしていやな気持ちになった。ぼくはおおあんごうという言

葉のいやな雰囲気のせいであからさまに落ち込み、それに気づいた父がそんなぼくに向かって、

「わしの息子なら言い返してきてみぃよ」

と煽ってくる。平和になったような気がしていたけど、穏やかになったと感じる基準がおかしかったのかもしれない。ぼくにも父の血が入っているはずなのに、どうしてこんなにも相容れないのだろう。

思えば、この前の夏の母の入院騒ぎ以降、父は以前よりも悪い意味で機嫌がいいというか、ハイな日が増えた気がする。ぼくは単純に上機嫌が続いているのだと思っていたため、父の酒の量が増えていることに気がつかなかった。ぼくが言い返しても言い返さなくても、酒に酔った父の行動は決まっている。父はぼくの腕をつかみ雑巾をしぼるように、

「しぼりぃ〜!」

と言いながら腕をしぼった。しぼりは痛いどころではなく、ぼくはニワトリみたいに叫んでしまう。父の酒の量が増えていると気がついたのは、しぼりが異常に増えたからだった。なんで父がぼくの腕をしぼるのかわからなかったけど、酔っ払った父のすることに納得のいく理由なんて求めちゃいけない、とこれまでの経験で諦めていた

のでひたすら耐えることにしていた。

そしてこれまでの父とは違っていることがもう一つある。それはそんな行動を母に叱られても、父はにこにこしながらはいはいと答えるだけで、全くこちらの話を聞かなくなってしまっていたことだった。酔っ払った父に腕をしぼられている時は抵抗しても力で敵わないし気分は最悪で、この家に生まれてきた理由は一体なんなのだろうと悲しいことを考えてしまう。父はある程度暴れると満足し、ぼくに寝ろと言うのがお決まりだった。ぼくが、

「おやすみなさい」

と言うと父は、

「うるせぇ」

と目を見開いてぼくをにらみつけた。布団に入ると、カーテンの隙間から漏れてくる光で天井がぼんやりと見えた。ぼくは木目のような模様になっている天井を見つめる。見つめながら思い返していると、おやすみなさいと言ったことに対してうるせぇと言われたことが理不尽すぎてなぜか笑ってしまった。父はおかしいと思う。とても大変で疲れるのになぜか笑ってしまう。模様が牛のように鬼のように見えたけど、ぼくはすぐに見失って眠った。

日に日にお酒の量が増えていく父はよそへ行っても迷惑をかけるようになっていた。今日は、中古のジープを一度バラバラにしてそれをまた皆で改造しながら元通りにする、という父の参加するグループの集まりに連れられてきていて、父はジープのどこかのパーツなのであろう曲がった鉄を持って、車の周りをうろうろしている。

「これ渡そか？」

「それ今日必要ないやつ」

リーダーが答える。父は先ほどから何度もそのパーツを渡すべきか聞いている。何度も必要ないと言われているのに少し時間が経つとまた同じことを尋ねる。父はかなり酔っていた。父は酔っ払ってるから任せられることはないと言われたのだけど、それでも何か手伝うと言って聞かないので、次に渡すパーツを持つ係になった。しかし必要なパーツも間違えるのでリーダーは全て自分でやっている。田舎だったため、どの家も車を持っているしどこのガレージも広かったのだけど、リーダーのガレージは格別に広く、車十台は余裕で停められるほどであったと思う。車好きの男たちにとって願ってもない環境で、ありとあらゆる工具やパーツが置いてある。これまでもリーダーのところに集まってみんなでツーリングをしたり色々な改造を試したりと盛り上がってきたけれど、ここまで大掛かりなものは初めてだったらしい。そんなジーププロジェクトも折り返しを迎えて、ここからどんどんと生まれ変わっていくという段階に入っていた。

しかしそのせいでこの日の父はどうしようもないほど興奮していて、車で来たにもかかわらず酒を飲んでしまった。夕方には解散する予定だったのですでに皆帰ってしまったのだけど、父はお酒を飲んでしまったため運転できず、父のアルコールが完全に抜けるまで、リーダーが付き合ってくれることになった。ぼくは恥ずかしくて恥ずかしくてどうしようもなかった。実は他のメンバーがぼくだけ先に家に送ってくれようともした。リーダーの奥さんが酔った父のために水を持ってきてくれる。父は持っている必要のないパーツを脇に挟み、落とさないよう少し手で補助してから水を受け取り、一口で飲んでグラスを返した。

「もう一杯もらっていいですか?」

良いわけないだろうと思った。ぼくはこれ以上迷惑をかけて欲しくなかったのだけれど、リーダーとリーダーの奥さんは優しくしてくれた。みんなからリーダーと呼ばれる理由が分かる気がした。ガレージというのか庭というのか、その広い空間になぜかロッキングチェアがあり、それに気づいた父がいつの間にか座っていた。酔っ払っているので楽しさが倍増しているのか、ものすごい勢いで椅子を揺らし始めた。そしてそれがおかしかったのか自分で自分に大笑いしている。そうして激しく揺れていたら吐いた。父はジーププロジェクトの進行を手伝うわけでもなくただ人の家で酒を飲んで吐いた。吐いた後もロッキングチェアにそのまま座っていて揺れていた。

「壊すなよー」

と声をかけ、作業を続けていたリーダーもさすがに手が止まった。奥さんが新しいお水を持ってきてくれたのだけど、

「うわ！」

はっきりと悲鳴をあげた。目の前で父が大人に引かれている。

「うわーありがとうございます」

父は持っている必要のないパーツをまだ持っている。再び脇に挟んで水を受け取ろうとするので、

「いや一旦置いたら！」

と言ってしまった。しかしやはり父は、

「一旦置いたらっておめぇこれ渡すのが今日の父さんの仕事なんじゃけぇ口出しすん

なよ、なぁリーダーうちの息子はあほうじゃろぉ？　なぁ、なぁ」

と絡み始めてしまった。リーダーは一度奥さんの方を向いて、そして下を向いてしまった。ぼくはリーダーを怒らせてしまったかもしれないと緊張した。しかしリーダーは突然笑い出した。それも爆笑だった。奥さんはよくわかってない表情だったけど、リーダーがあまりにも笑うのでつられて笑う。リーダーは、

「この父親なのめちゃめちゃ大変じゃの！」

と言って笑った。それを聞いた奥さんは笑うのをやめて、そんなことを言ってはいけないときつく言った。しかしぼくにはリーダーのその一言がありがたかった。ぼくにはこの父親しかいない、それを笑ってくれたことが嬉しかった。父のことは嫌いだけど、嫌いだとしても受け入れて笑うことができればいいんだと教えてもらえた気がする。父は水を飲み干してから自分の吐いたものに気がついたようで今さら驚いている。少し酔いが覚めたらしい。ぼくとリーダーは小さなビニール袋とキッチンペーパーを取りに家の中へ入り、父はまだ必要のないパーツを脇に抱えていた。


最近、家族でよく車を見に行くようになった。今日もディーラーという人と話をす

るために父と母と中古車を扱っている店に来ていた。なんと父も母も車を買おうとしている。二人は楽しそうだけど、そのせいで休みの日はほとんど車を見に行くばかり。ぼくは車にあまり関心がなかったのでここのところずっと退屈だった。父はアコードワゴンという車を探していて、母はミニクーパーという車を探していた。今日は父の目当ての車が店に入ってきたようで、試乗させてもらうことになった。父がぼくと二人で車に乗りたいと言い出して、本来はお店の人も一緒に乗るらしいのだけど、母がミニクーパーの話を聞きたいと言ったので、ぼくと父だけでドライブすることになった。アコードワゴンは見た目よりも後部座席が広く、荷台スペースにふたがついていたため、ここで寝転がったら楽しいだろうなと思った。エンジンをかけると父が、

「ええがなええがなぁ！」

と楽しそうに叫んだ。国道二号線に乗って車を走らせる。父はいつものように他の車の運転に声を荒げているが、今日はずっと上機嫌だった。

「コンビニ寄るで」

父がコンビニに車を停めて降りる。試乗中にコンビニに寄っても大丈夫なのかと思いながらぼくも車を降りて追いかける。コンビニに入った父がなぜかにやにや笑って

いて不気味だった。父の様子がいつもと違う気がする。お酒を飲んでいるわけじゃないのに酔っているように見えた。新しい車に乗れたことがよっぽど嬉しいのだろうか、それともぼくに原因があるのだろうか。ぼくはズボンのチャックが開いていないか確認したり、顔に何かついていたりしないか確認する。どちらも違ったので父がなんでにやにやしているのか分からなくてこわくなってきた。なにかを買う様子もないのでぼくは我慢できずに、

「さっきからなにに笑っとん?」

と聞いたら父は、

「なんでもねぇ……で!」

と言って走り出し、コンビニを飛び出して行った。ぼくは予想だにしていなかった父の動きに戸惑う。父はそのまま走って車に乗り込み、げらげらと笑いながらエンジンをかけた。

「え?」

あまりの出来事に理解が追いつかない。ぼくがコンビニの外に出ると、父はこちらを確認して車を走り出させる。ぼくが慌ててアコードワゴンを追いかけると、父はスピードを落とし、ゆっくり並走させながら窓を開け、

「ファッキュー！」

と叫びながら中指を立ててきた。ぼくは全身にぞわぞわと寒気が走り、足が止まってしまった。何一つ意味がわからなかった。父は、そのままスピードを上げて二号線を走っていってしまった。一瞬の出来事だった。ぼくはコンビニに取り残され、ぼう然と立ち尽くしている。こんなことが起こるなんて誰が予想できるだろう。父は、コンビニに寄ると言ったときすでにこれを思いついていてそれで笑っていたのだろうか。気持ちが悪くてざわざわする。ふざけて置き去りにしたのだと思う、けれど全く知らない場所で一人立ち尽くしていると、万が一という思いが頭をよぎる。もし父が戻ってこなかったら？　母も助けに来てくれなかったら？　またいやな想像が頭に浮かんできてしまう。もし本当に父が戻ってこなかったらぼくはどうしたらいいんだろう。母はぼくを探しにきてくれるだろうか。こわくて目に涙がたまってくる。コンビニの駐車場に入ってくる車はどれも知らない車で、父が戻ってくる気配は感じられなかった。ぼくは、本当に置き去りにされてしまったのだろうか。

「いやそんなことあってたまるかぁ」

猛烈に腹が立ってきた。父の思う通りにはなってやらない、このまま弱い立場で被害者ぶって諦めたくない。このまま訳のわからない場所で置き去りにされていると考えているると涙が出そうになってしまうので、ぼくはポジティブに考え直してみることにした。置き去りにされたことでなにかプラスになることはないだろうか。ふと、中古車試乗中コンビニ置き去り事件という言葉が頭に浮かぶ。ぼくは少しおかしくて、もしこれが他人事だったら笑えるような気がした。実の父親に知らない土地で置き去りにされたという経験は聞いたことがない。ぼくは、早くこの出来事を伊勢に話したいと思った。

そのとき、もしかするとこの気持ちこそが自分にとってのプラスな意味なのではないかと感じた。人と違う経験をしたということは語れる話も増えるということ。父がやることの全てがぼくが人に話すためなのだと思えば、どんなことでも受け入れられるような気がして、ぼくは父を克服したような気分になった。無理をして前向きに考えているわけじゃなく、自然にそう思えたことが嬉しかった。父のこれまでを振り返っていたら次々と新しい意味が見つかり、こわかった気持ちが少しほぐれてぽろぽろと涙が出てきてしまった。泣かないと決めたそばから泣いてしまったけれど、これは仕方ないと自分に言い聞かせる。決して弱いから泣いてるわけじゃないしバカにされる涙じゃないと自分を励ます。先ほどの父のにやにやした顔が浮かぶ。今思えばいたずらを思いついて笑っているというような顔だった気もする。父はぼくが慌てているところやすがりついて泣くところが見たいだけだったんだろう。パニックになっているぼくの顔が見たいはずだから、父は必ず戻ってくるだろうと思った。一瞬でも慌ててしまったことが恥ずかしく思えてくる。父が戻ってきたら絶対に平気な顔でいてやろうと思った。

コンビニの中に入り、お菓子の棚を眺めたり全く読んだことのない漫画を読んだりして過ごしていたら、駐車場にアコードワゴンが戻ってきた。窓ガラス越しに父と目が合う。ぼくが立ち読みしていることに驚いたのか、父は拍子抜けした顔をしていた。ぼくは漫画雑誌を棚に戻しコンビニを出る。父が車の中からこちらに手招きして早く来いと言っている。置き去りにしておいて早く来いとはどういう神経をしているのか。助手席のドアを開けると、シートの上にレンタルビデオショップの袋が置いてあった。父はなんと、ぼくを置き去りにした後レンタルビデオショップに行ってDVDを借りていた。袋にしっかりと厚みがあるので何本か借りているようだった。この人は一体なんなんだ。

「こわかったろ」

父はエンジンをかけ、笑いながらぼくに聞いてきた。ぼくは腹が立って、

「全然」

と強がって言った。二号線に出て店へと戻る。

「泣きべそかいとるかと思うたけど案外平気そうじゃの」

父はつまらなそうな感心しているような不思議な口調だった。

「捨てられたか思わんかったか？　もしそう思うとったんじゃったらおめぇにユーモアのセンスがねぇゆうことじゃけぇ、勘違いしたらおえんで」

「意味わからん」

ぼくはむすっとした態度で父に言う。ぼくが歯向かうようなことを言うのは普段ないので、父はなぜか嬉しそうだった。

「なんかおめぇ顔つきが変わったなぁ」

突然の言葉にほころんでしまいそうになる。

「わしはおめぇのこと親友じゃと思うとるけ、そんなことするわけねぇからの。急に走り出しておもろかったろ？　でももっとおもれぇで？　わしあのあとDVD借りたんじゃで。おもれかろぉ？　中身見てみ。それすげえじゃろ。エッチなDVD三本借りたったわ。試乗中にじゃで？　おもれぇのぉ」

父は言葉と言葉の間でずっと笑っていた。あまりに馬鹿馬鹿しくてぼくもちょっとだけ笑ってしまい、さらに声をあげて笑った。店に戻るとディーラーの人が心配そうな顔でぼくたちを出迎えた。予定よりはるかに長い時間帰ってこなかったため、なにかあったのではないかとどきどきしていたそうだ。父は迷惑をかけたにもかかわらず、

「わしが車盗んで帰るんじゃねんかて思うた言うとんか？」

と訳の分からない文句を言い始め、母に、

「変なこと言うてお店の人困らせんで」

と呆れられている。父はこのあと、遅くなった理由を説明しようとして、ぼくを置き去りにしたことを自分から話したため、母にとんでもなく怒られた。お店の人も何に巻き込まれているのだろうという顔をしていた。母が迷惑をかけてすみませんでしたと謝り、また日を改めて車をどうするか決めることになった。店を出るとき、父がエッチなDVDをアコードワゴンに忘れていると気づいたけど、ぼくは言い出せなかった。

結局、父は車を買わないことになって、家にはミニクーパーがやってきた。緑色の小さな車で、近所の人やジープの会の人たちはかわいいとかかっこいいとか言って褒めていたけど、ぼくは目立つ気がして少しいやだった。でも、母が車に乗るたびにう

れしそうにしていて、それを見るのはぼくもうれしかった。母は昔からミニクーパーに乗るのが夢でずっと貯金していたらしい。ラーメン屋でパートをしたりスーパーで働いたり、今はパンの工場で商品を検査するパートをしている。少しずつ少しずつ貯めてきたお金がこうして形になったのだと思うとつられて感動する。父も母も車が好きなので、家に新しい車があるというだけで生き生きとしているように感じる。ミニクーパーは小さな車なので家族三人で乗るとぎゅうぎゅうだけど、ぼくはこのぎゅうぎゅうな感じを好きになった。ごくたまにだけど、母のパートの時間が合うときは、学校まで迎えにきて乗せて帰ってもらえることもある。深緑の車体に銀色のミラーの光るミニクーパーは子どもたちの目を引いた。母が校門の前で待っているのは恥ずかしかったけど、同じクラスの子からうらやましがられることもあってうれしかった。

助手席に乗り込んで、

「同じクラスの子がうらやましいって言うとったわぁ」

と伝えると、

「センスある子じゃなぁ、大地が大きゅうなったら貸したげるけぇの」

と母は嬉しそうに言った。

7

十二歳の誕生日が近づいてきてぼくはそわそわしていた。今年はいつもと違ってちゃんとした誕生日プレゼントをもらえそうな気配があったからだ。ぼくが欲しいものをプレゼントしてもらえたことはこれまで一度もなくて、もらえるものはゴミばかりだった。例えて言っている訳ではなくて、本当にゴミだったのだ。

父はゴミを収集する業者として働いている。朝五時には家を出て、そこからいろんな場所のいろんなゴミを回収して集積所に運び、十八時ごろに家に帰ってくるという生活をしていた。そしてぼくの誕生日が近づくと、父は職場のみんなにまだ使えそうなゴミを見つけたら取って置いてもらうようにお願いして、その中からぼくへのプレゼントになりそうなものを選んで持って帰る。それがぼくの誕生日プレゼントだった。

自覚がないのかもしれないけど、父はゴミ泥棒だった。父は捨てられているのだから別に持って帰ってもいい、という理屈でありとあらゆるものを持って帰ってきた。これは父に限ったことではないようで、その頃職場ではそんな風に使えそうなゴミを一旦職場に持って帰ってきて、山分けをするのが常になっていたらしい。ただ、父は職場でもかなり強い立場のようで、他の人たちよりもずっといいものを手に入れることができた。ちなみに父のアコースティックギターは山分けで手に入れたものだった。そんな風にして、ぼくは毎年いろんなところから見つけてきたゴミをプレゼントとしてもらっていた。初めてゴミのプレゼントをもらったのは六歳で、その時は父が見つけて拾ってきたレゴの偽物みたいなブロックのおもちゃだった。誕生日の朝、プレゼントを受け取る時父に、

「しっかり洗ってから遊べぇよ」

と言われた衝撃はいまだに忘れられない。七歳の時は少し小さいエレキギターだった。これはずいぶん汚れていて、拭いても拭いても綺麗にならなくてなぜか父に怒られた記憶がある。なんとか出来る範囲で綺麗にして使えるようにしたものの、ぼくがギターに興味を持っていなかったためあまり上達しなかった。練習しても上手くならないのを見た父が、

「わしが弾いた方がギターのためじゃのぉ」

と言い出して結局父のものとなってしまった。今思えば最初からそのつもりだったのかもしれない。八歳の時はプレイステーションのゲーム。ぼくは普段テレビゲームなんてやらせてもらえなかったのでこれはうれしかった。ただ、ＣＭなどでは見たことのないパッケージで、中には英語でなんと書いてあるか分からないディスクが二枚入っていた。読み込ませると無事に起動したのだけれど、どうやら海外で発売されたゲームのようで、ぼくはもちろん父もさっぱり英語がわからなかったので感覚だけでプレイしていた。ストーリーはほとんどわからず、主人公は少しダメージを受けるとすぐに死んでしまうゾンビだった。主人公が正義のゾンビだということはなんとなくわかったけど、楽しめはしなかった。去年は知らないプロレスラーのソフトビニール人形だった。これは渡された直後に、

「おめぇ興味ねえじゃろうからわしの部屋置いといちゃるわ」

と言われて取り上げられた。これらは全てゴミ捨て場に捨てられてあったもの。

しかし今年は、プレゼントを買ってやるとはっきり言われていた。父のことだから急に何を言いだすかわからないし、嘘でしたとぼくを突き放す可能性だってあるけれど、そわそわする気持ちは抑えられなかった。ぼくは欲しいゲームがあって、初めてＣＭを見たときからやってみたいなぁと憧れていた。何か欲しいものはあるかと聞か

れた時に、期待せずにそのゲームが欲しいと言ったらわかったと父は言った。まさかだった。買ってもらえるかもしれない、という状況になるとそのCMが流れるたびに興奮して笑ってしまうほどだった。誕生日は毎年どこか悲しかったり切なかったりという記憶だった。期待してはいけないと思いながらも、今年は去年までと違う予感がしてならなかった。ぼくは毎日祈るように眠った。

誕生日当日の朝。ぼくは昨日の夜から全く眠れず、ベッドの中で父から新しいゲームを渡されるところをずっと想像していた。台所からご飯を作る音がして、母が起きてきたのだとわかる。父も起きてくる。父はこのまま仕事に行ってしまうのだろうか。平日の父と母はぼくが起きるより先に起きていて、父はあっという間に仕事に行ってしまう。プレゼントだけ先に渡してくれないだろうか。本当は飛び起きたいけれど、慌てるとプレゼントがもらえないような気がしてぼくはベッドの中でじっとしている。心臓がどきどきして居ても立ってもいられない気持ちを深呼吸で落ち着かせる。布団をかぶり、あわてないようにと言い聞かせる。行ってらっしゃいという声が聞こえ、少しして車の出る音が聞こえた。ぼくはベッドから飛び出して台所に行く。エプロンをつけたままダイニングテーブルに座っている母に、

「ゲームは!?」

と聞くと、

「あんたおはようが先じゃろ」

と少し怒られた。ぼくがあまりにそわそわしているので母は笑いながら、

「誕生日おめでとう」

と言ってくれた。ぼくは周りが見えなくなっていて、こんな調子で始まってしまって申し訳ない気持ちになった。準備を済ませ少し落ち着いたぼくは、行ってきますと学校へ向かう。

家を出るとなぜか空気が美味しく感じていつもの坂道もなんだかドラマチックに見えた。ぼくの家は山の中腹にあるので毎日この坂を下って学校に行き、この坂を登って帰ってくる。傾斜がきついので荷物が多い日は本当にしんどい。毎日同じ景色を見ているので見飽きているはずなのに、今日は一歩一歩が新鮮に感じられた。なんて単純なんだろう。恥ずかしいくらいプレゼントが楽しみだった。欲しいものがもらえるかもしれない一日というのはなんと素晴らしいものなのだろうか。どきどきする気持ちが景色を変えているのだと思う。

木々を見上げるとこんなに緑色だったかと感じた。ぼくは、まるで初めて見る景色のように集中していつもの坂道を見渡す。改めて見るとなんて自然にあふれた場所な

んだろうと思う。まっすぐ下っていくこの坂道を、ぼくの通る道を導くようにして茂っている木々。風で葉っぱがざわざわと鳴る音、少し湿った土の匂い、何もかも心地よく感じられた。ぼくは遊びを思いついてランドセルを下ろす。中はとても整頓されていて何がどう入っているか一目でわかる。紙ヒコーキを飛ばしながら下ったら楽しいんじゃないかと思いついたのだった。

ぼくはいらないプリントを一枚出して紙ヒコーキを作った。あまり上手に折れなくて少しいびつだったけど、ぼくの紙ヒコーキはまっすぐ飛んだ。投げた瞬間、ぼくは追いかけるように走る。下り坂で投げた紙ヒコーキはなかなか落ちてこない。ぼくは一緒に坂道を下りながら落ちてくる紙ヒコーキを捕まえる。紙ヒコーキが墜落しないように飛ばしては取って飛ばしては取ってを繰り返す。思い切り投げたらどうなるだろうと目一杯の力で飛ばしてみる。追いつけないほどのスピードで紙ヒコーキが坂道を下っていく。間に合わずに墜落してしまったけど、拾い上げた紙ヒコーキは全く無傷だった。

夜、帰ってきた父を出迎えると、その手には綺麗なビニール袋が握られていた。早く中身を見たいけど急かすと怒られるのでぼくは落ち着いているフリをして、父が袋の中身を出すのを待った。

「でけぇ皿出してくれぇ」

そう言って父が袋から取り出したのは大きなチキンだった。ぼくは目を疑った。チキンの他にはなにも入っておらず、父は他になにも持っていなかった。

「大地、誕生日おめでとう」

プレゼントはチキンだった。今年は確かにゴミではなかった。けれどぼくは、全身の力が抜けて、気絶してしまいそうなほどショックだった。ぼくは魂が抜けたような気分だった。お腹が空いていたはずなのにチキンはちっとも味がしなくて、浮かれていた今日の自分を情けなく思った。昨日眠れなかったのもあって、一気に睡魔に襲われ、ぼくはいつもより何時間も早くベッドに入った。

翌朝。目が覚めると外はまだ暗く、早く寝たせいでいつもよりずっと早く目が覚めてしまったようだった。とりあえずトイレに行こうと思って起き上がる。台所に父も母もいて、ぼくがおはようと言うと父がなぜかくすくすと笑っていた。なんなんだろうと思いながらトイレを済ませ自分の部屋に戻ると、枕の横にぼくが欲しかったゲームの箱が置かれてあることに気がついた。

「わぁっ！！！！」

ひっくり返るほど大きな声が出る。まさか父にこんなサプライズを仕掛けられるなんて思ってもみなかった。ぼくが気づいたことを察して父が部屋に入ってきた。うれしくてたまらなくて、父にありがとうと言おうとしたら、

「ファッキュー」

と中指を立てられた。意味がわからなかったのでそれを無視して、

「ありがとう」

と言うとなぜか爆笑していた。笑う父の息がお酒臭くて、

「もしかしてお酒飲んどる？」

と聞いたら、

「今日は休みなんじゃけぇえかろうが」

と父は答えた。

「忘れとるかもしれんけどあんまお酒飲みすぎんようにしてな」

「おめぇゲーム買うたったのに偉そうなこと言うて調子乗んなよ？」

ぼくは調子に乗っているわけじゃなくてただ心配なだけだった。

「チキン出した時のおめぇの顔まじおもろかったわぁ」

部屋を出ようとした父の背中に、もう一度ありがとうと言ったら、こちらを見ずに再び中指を立てていてとても格好悪かった。ぼくはまだ信じられなくていつまでもそ

の箱を眺めていた。来年からは誕生日を楽しみにしてもいいのかもしれない。

伊勢の引っ越しまであと二日。いつも通りに話しながら学校から帰り、ぼくたちは途中で別れる。一人になり、当日は見送ったり何か手紙を渡したりした方がいいだろうかと考える。特別なことをするのは気恥ずかしくて、いつも通りにしていようと思った。というのも、伊勢が引っ越す先は絶対に会えない距離ではなく岡山市内だったからだ。頑張れば会える距離に引っ越すというのが伊勢にとっては恥ずかしいらしいけど、ぼくはさみしくなくて安心した。

それでもやはり何かしたほうがいいだろうかなどとぶつぶつ考えながら歩いていると、遠くからサイレンの音が聞こえた。パトカーの音だった。サイレンはどんどんと近づいてきて、パトカーはぼくの横を通り過ぎた。この田舎ではサイレンの音がすることも珍しく、けたたましい音に窓の開く音が混じって聞こえた。ぼくはサイレンの音を聞くと何かが起こったのだとどきどきする。もしこれが父を迎えに行くパトカーだったらどうしようなどと考える。父が警察に捕まる可能性はいくらでもあるように思えた。何が罪に問われるのかはわからないけれど、父は毎日何かしらの罪を犯しているような人だと感じていた。ぼくは父を反面教師にして、何が人を傷つけたり困らせたりするのかを学んだし、母を守れるような人間にならないといけないという使命感を持つようになった。もし父を迎えに行くパトカーだったらと想像していると背筋が伸びた。本当にそうなるかもしれないという気がして体に力が入る。通り過ぎていったパトカーが角を曲がって見えなくなった時、きっと伊勢にもこのサイレンが聞こえているのだろうと思った。

ぼくは何があったのかわかれば明日話せるぞと思い、全速力で走り出す。パトカーの進んで行った先はちょうどぼくの帰る方向と同じだった。これはチャンスだと、ランドセルのベルトをしっかりと握り、できるだけ揺れないように体に固定させて走った。パトカーの姿が見えなくなってからも、サイレンの音を追いかけてしばらく走っていたのだけど、全く追いつけないまま音が止んでしまって足も止まってしまった。心臓がどくどくと激しく動いている。思い切り走ったので息が切れてしまった。追いつけなかったけれど、パトカーを追いかけて走っただけでもなんだか楽しかった。

ぼくは満足して息を整えながら歩いた。あと十分ほどで家に着く。ぼくはガードレールをぺしぺしと叩きながら、そのすぐ向こうの濁った海を横目に歩いていた。顔を上げると遠くにパトカーが見えた。どうやらぼくの追いかけていたパトカーが戻ってきたらしい。さっきまで追いかけていたのに向こうから近づいてきていることがなんだかおかしかった。ぼくはすれ違いざまに中を覗いた。

「父さん？」

後部座席に父が乗っていた。すれ違う瞬間にパトカーの中を覗いたら後部座席に父が乗っていた。ぼくはあ然としている。固まった体をぎしぎしと回転させて、過ぎ去って行ったパトカーの後ろ姿を見る。見間違いだろうか。いや間違いなく父だった。家で何か起こったのかもしれない。ぼくはパトカーを追いかけた時よりもずっと一生懸命に走った。目一杯走って帰っていると、途中知らないおばさんがおかえりと声をかけてくれたけど、ちゃんとは返事できなかった。もう少しで家に着く。最後の登り坂を全力で駆け上がるとぼくの家の前に近所の人が集まっていて、その輪の中心に母とおばあちゃんがいた。母が無事なのを見て一安心する。しかしこれだけ人が集まっているということは、先ほど見た光景が現実であるという証拠でもあった。誰かがぼくに気がついて、皆がおかえりと声をかけてくれた。一体何があったのか。

「もうー！　あんた大変じゃったんよー！」

母は笑いながら言った。ぼくはしどろもどろでパトカーとすれ違ったことやそこに父が乗っていたことを話した。そしてそのことが原因で人が集まっているのかたずねると、母とおばあちゃんはお互いに顔を見合わせて笑いだした。母が言うには、十二時ごろに父が怒りながら帰ってきて、そこからすごい勢いでお酒を飲み始めたとのこと。仕事で何かトラブルがあって家に帰ってきたのかもしれない。最近はどんどんと酒の量も増えて酔い方もひどくなっていたけれど、今日はさらにひどかったらしい。父はすぐにうとうとし始めてそのまま眠りかけていたらしい。

「なんじゃあと思うとったら急に飛び起きてな、その男誰なぁ！　て怒り始めたんよ」

父は、母が知らない男と不倫しているという夢を見ていたようだった。しかし、父はそれが夢なのか現実なのか区別できないほど酔っ払っていて、何かを叫んだ後突然家を飛び出したらしい。母が慌てて追いかけると、父はなんと母のミニクーパーのサイドミラーをもぎ取って壊そうとしていたのだという。父はへべれけの頭で一生懸命考えた結果、母の不倫を止めるには移動手段を奪ってしまえばいいと思いついたらしい。

「なんかその光景見とったらな、これまでのいろんなことがばーって浮かんできたんよなぁ」

ガレージで叫びながら、サイドミラーをもぎ取ろうとしている父を想像する。父は本当にサイドミラーをもぎ取り、そしてそのままミラーをぶん投げたらしい。それが車の窓に当たり大きな音を立てて割れたため、近所の人が異変に気がついて警察に通報し、それがぼくの横を通り過ぎていったパトカーだったというわけだ。

「大丈夫じゃった？」

ずっと笑っている母にぼくが聞くと、

「大丈夫になったわ、ありがとう」

と言った。ぼくは母が何を考えているのかわかった気がした。おばあちゃんが近所の人に謝り、母も笑いながら説明している。騒動が収まり、近所の人たちも少しずつ帰りはじめる中、母とおばあちゃんは今日の夜ご飯をどうしようかと話していた。母の妹、ぼくの叔母さんもこちらへ向かっているらしい。

こんな日は美味しいものが食べたいということで、しゃぶしゃぶを食べることになった。ぼくはしゃぶしゃぶを食べたことがなくて一体どんなものなのか想像する。暗い雰囲気はなく、むしろお祝いのような空気だった。家の中に入ってランドセルをおろした途端にどっと疲れた。一体なんだというのか。父が警察に捕まった。ぼくはパトカーに乗っている父の姿を思い出す。伊勢に話したらどんなリアクションをするだろう。考えていると、なぜか笑いがこみ上げてきた。母もきっとこんな気持ちで笑っていたのだろう。

「どしたん？」

母に聞かれぼくは黙ってしまう。けれどすぐ、正直に話すべきだと思った。

「こんなこと言うてえんかわからんけど、めっちゃうれしいわ」

母は一瞬目を丸くしたあと、大きな声で笑った。ぼくもおかしかった。

「わからんけどな、パトカーとすれ違って中に父さんが乗っとるの見えた瞬間、なんでかわからんけどおもしろって気持ちになったんよなぁ」

母が笑いながらうなずいてくれた。そうして深く息を吸い込んだあと、

「離婚するわ」

とぼくに言った。


車がないため叔母に来てもらい、その車でいつものスーパーへ行って豚肉や野菜などを買った。国産の豚肉にしようと言っていたけどそれがどう違うのか知らない。母とおばあちゃんが、何故か叔母が来る前に先にスーパーに行っておこうかという話をしていた。車がないから叔母に来てもらおうという話をしていたのにどうやってスーパーまで行くのだろうと思っていたら、母とおばあちゃんが笑いだした。どうやら二

人は車が壊れていることを忘れていたらしい。今日の出来事が現実離れしていていてよく理解できてないのかもとも話していた。大変なはずなのに、二人が観念したように大きな口を開けて気持ちよく笑っていることが嬉しかった。

おばあちゃんの家に戻ってきて、叔母の車から買ってきた食材をおろす。ぼくはおばあちゃんに出してもらった布団に寝転がって台所の声を聞いていた。三人は鍋の具材を用意しながら休みなく喋り続けていて、とてもリラックスしているようだった。ぼくたちがご飯の準備をしている間、父は何をしているのだろう。離婚したら母についていくつもりだし、もしかしたら父にはもう会わないのかもしれない。そっか、と思った。深く考えていないだけだろうけど、そんなに悲しい気持ちはなかった。できる限りの大の字になって、目を閉じる。

「ワシ猪木やるけぇおめぇアリせぇ」

目を閉じて浮かんだ光景は、アントニオ猪木になって仰向けに寝転がる父だった。

父はプロレスが好きで、特にアントニオ猪木が大好きだった。猪木が伝説のボクサー、モハメド・アリと戦った世紀の一戦、そのドキュメントを毎日のように観ていた。ルールの違う格闘技が同じリングで戦う異種格闘技戦。ボクサーアリは立ったまま拳だけで戦おうとしているのに対し、プロレスラー猪木はほとんどの時間リングに寝転がって戦った。立ち上がらせようと猪木を挑発するアリ、拳の届かないアリの足をひたすらキックし続ける猪木、それを観ながら旨そうに酒を飲む父。ぼくは何もかも意味が分からなかった。父にとってこの試合は全てが最高で、観ると必ず猪木になってしまった。気づけば父はこたつの横に寝転がってアゴをしゃくらせている。

「ワシ猪木やるけぇおめぇアリせぇこのやろう」

あの時、ふつうだったらぼくが猪木で父がアリだろうと思っていた。いま思えば、そもそも息子と異種格闘技戦をやることが普通じゃない。なぜ自分の息子にこんなことをやらせようとするのかと考えていたら、ぼくはいつの間にかアリと呼ばれていた。

「アリこのやろう、こいこんにゃろう」

猪木はしゃくらせながらアリの足を狙う。

母が止めようとしたら、猪木は母の足をキックしようとした。ぼくはどきどきしたけど母は無事それを避け、猪木は足をこたつにぶつけた。猪木は、

「避けんなや！」

と猪木らしからぬ事を言い、脛《すね》をさする。完全に油断している猪木の背中を、アリは後ろから思い切りパンチした。

「痛った！」

また猪木らしからぬ事を言うなと思ったら、振り返ったそれはアゴがしゃくれておらず父だった。

「卑怯なことすんなこのおおあんごうが！」

思い切り張り倒されたけれど、悪くない時間だった。


母に呼ばれて目を開ける。浮かんだ光景がいやな思い出じゃなくて朗らかなものだったことがこそばゆかった。

「ご飯できたよ〜」

ダイニングテーブルの上に鍋が置いてあって、その周りに小さなお皿が四人分すき間なく並べられている。おばあちゃんがお肉のパックを持ち、

「それじゃあいただきまーす！」

と、お肉を鍋の中に入れる。ぐつぐつと煮えたお湯につけた途端、薄桃色の豚肉が一瞬で白くなって驚いた。それまでに見た事がなかったので自分もやってみたくなっ

ておばあちゃんに交代してほしいとお願いする。

「熱いから気をつけられぇよ」

と言って菜箸を渡してくれる。三人が見守る中、ぼくも見よう見まねでお肉をくぐらせてみる。

「はいしゃぶ、しゃぶ、しゃぶ」

おばあちゃんがテンポよく言う。ぼくは色が変わるだけでも楽しかった。もう大丈夫よと言われてお肉を取り出し、つゆにつけて頬張る。これまでに食べたお肉の中で一番美味しかった。肉の違いなんて全くわかっていないけど国産のお肉は全然違うと知った。ぼくが美味しいと喜ぶと、三人もとても嬉しそうだった。こんなに明るい夜ご飯はいつ以来だろう。生まれて初めて食べたしゃぶしゃぶがとても美味しかったことも含めて、ぼくにとって一生忘れられない日になった。

翌日。ぼくも母もおばあちゃんもぐっすり眠っていて、ずいぶん遅れて目が覚めた。普段ならあり得なかったけど、みんなヘトヘトに疲れていた。ほーほー、ほっほー、と低い声で鳥が鳴いている。カーテンを開けて見上げた空は、青空半分雲半分という具合。とても気分が良かった。長い戦いが終わったんだという気持ちだった。伊勢は先に向かっただろうか、みんなはどんなリアクションをするのだろうか。それぞれがのんびりと動き始めてぼくは学校へ行く準備をする。昨日のことを先生に説明しなくちゃいけないのは面倒だった。ぼんやりとどう話すか考えながら服を着替えていく。

少し遅れたらもうどんなに遅れてもいいんじゃないかという気持ちになって、ぼくはとぼとぼゆっくりと歩いた。結局学校に着く頃には十時を過ぎていて、授業も始まっていたので教室には入って行けず、学校をうろうろして時間を潰すことにした。他の教室の前を通るとばれるので特別教室の多い北棟を歩いた。椅子を引く音や先生の声、みんなが進んでいく中で自分だけ時間が止まっているような感覚になった。北棟が静かなせいで遠く小さく聞こえる音が余計に距離を浮き立たせる。伊勢もいなくなるのか。廊下にあるスピーカーからジーという機械音が一瞬聞こえ、直後チャイムが鳴る。授業が終わった。教室に向かい、後ろのドアから中に入ると、

「先生草野くんきた！」

ぼくに気づいたクラスの子たちが花森先生に報告する。花森先生はぼくを見つけるやいなや駆け寄ってきて心配そうに声をかけた。

「おうちに電話しても誰も出ないから心配しとったんよ、今日どうしたの⁉」

先生は昨日のことを知らない様子だった。クラスのみんなもぼくに何かを言ってくるわけじゃないので、ぼくはまだいつも通りの空気の中にいる。このまま言わないでもいいかもしれない、一瞬そう思ったけれど隠している方が面倒臭い気がした。ぼくは耳打ちをしようとするジェスチャーをして先生に少ししゃがんでもらう。そして、

「昨日父が警察に連れて行かれました」

と伝える。一言であらゆることを察したのか、花森先生は表情を変えることなくそのままの調子で、

「話聞かんとじゃから職員室一緒に行こうか」

とぼくの肩に手を置いた。

「草野なんかしたん⁉」

と声をかけられたり、

「ワルじゃなぁ！」

と言われたりした。ぼくは笑いながら首を振ったり、やめろという身振りをしながら教室を出る。先生の後ろをついて歩いていると廊下で伊勢とすれ違い、伊勢は驚いた顔のまま何も言わずにぼくの背中を叩いた。花森先生が友達叩かないよと怒る。少しだけ痛くてぼくが振り返ると、伊勢は叩いた手をこちらに広げて、

「あとで！」

と言って歩いて行ってしまった。職員室に入るとそのまま机を素通りして談話室という部屋に通された。中に入ると、先生がぼくの背中にとんと手を置いて、

「よう頑張ったねおつかれさま、よう来たね」

と背中をさすった。ぼくはよくわからなくてへらへらしながら椅子に座る。一番最初に話すのは伊勢だと思っていたけれど、仕方がないので昨日のことを説明した。花森先生はぼくが笑ってほしそうに喋ったところで笑ってくれた。先生としてそれはいいことなのか悪いことなのかわからないけどぼくはそれがありがたかった。話し終えると花森先生は、

「草野くんのお父さんが、昔ドラッグストアで裸になっとんの一回見たことあるんよね」

と言った。すっかり忘れていた恥ずかしい思い出がよみがえってぼくは顔が熱くなった。

「あの時お父さんになんて言われとったっけ？　細かくはわからんけど、あの時草野くん見とってあぁこの子優しい子なんじゃろうなぁって思っとったんよ」

恥ずかしさでなんと言われているか話が入ってきていなかったけど、花森先生がぼ

くの気持ちが落ち着くのを待ってくれているのがわかった。

「あんまよう覚えとらんけど、あったかなぁと思います」

「先生は、優しい子じゃから大変な思いせんじゃろうかなぁ、考えすぎんじゃろうかなぁて思うとったんよ」

気にかけてくれていたこと、自分のことを見てくれていたなんて全く気がつかなかった。

「話してくれてありがとうね。草野くんはこれまでよう頑張ったから、ちゃんとしとる必要なんてないし、気楽になったらええからね」

「みんなはどう思うじゃろうか」

スピーカーからジーという音が聞こえて再びチャイムが鳴る。

「先生、次大丈夫なん？」

「言うてあるから心配せんでも大丈夫よありがとね」

いつの間に誰にどう伝えたんだろう。先生なだけあるなと感心してしまった。

「友達に言えんことがあったらなんでも話してくれたらいいし、先生も聞くから先生の話も聞いてな」

「なんで先生の話聞くんよ」

そう言いながら、内心では対等に扱ってくれている気がして嬉しかった。その後の授業は出ても出なくてもいいし、しんどくなったら帰ってもいいと言われた。実際に休まなくても、自分だけを見て特別に扱ってもらえるだけで気持ちは十分ましになった。給食は談話室で食べて、五時間目から出ることにした。早く帰ってもいいと言われたけど、今日は絶対に伊勢と帰りたい。クラスの子にどこに行ってたの？　どうしたの？　と聞かれたけれど、体調悪くてと言って濁した。早く話したい。放課後、靴箱の前で伊勢と合流し、ぼくは伊勢の背中を叩いた。

「あのパトカーお父さんなんかい！」

昨日帰り道で別れたあと何があったのか、一部始終を話したら伊勢がとても笑ってくれてうれしかった。ひとしきり説明すると、話したぼくも聞いていた伊勢もどっと疲れてしまって道の脇にへたり込んだ。

「おれも引っ越すし草野んとこは離婚するし、全然約束守れんかったなぁ」

伊勢は大きく息を吐き出して、草を摑んで捨てるように投げる。

「思い通りにはいかんもんじゃなぁ」

ぼくは人差し指で耳のうしろをぽりぽりと掻く。爪が伸びていて少し痛い。

「まぁ……草野のとこは予想通りじゃったけどな」

手についた草を払いながらからかうように笑う。

「こんな形で離婚することになるとは思うてなかったわ」

不本意な形ではあるけれど、最後の帰り道にとっておきの話ができてぼくは満足だった。

「おれが引っ越す前でよかったよなぁ、おらんようなったら誰に話してええかわからんもんな」

そう言われて考えてみると、確かにこれから誰に話をしたらいいのかわからなかった。

「どうしたらええんじゃろうか」

「なんじゃその あほな顔」

「いやほんまに！」

ぼくが慌てていると、

「普通に話したらええんよ、誰かは聞いてくれるわ」

誰かが聞いてくれるという無責任なことを言う伊勢にむっとしたけれど、伊勢の言う通りそれ以外に方法はなく、これからが大変だなぁと憂鬱な気分になった。

「おれじゃって向こうに友達やこおらんのじゃけぇ大変じゃで、おれもほんまはなぐさめてほしいわ」

一番の友達がいなくなってしまうのはお互い様だった。

「ぼくは友達も父親もおらんようなるんじゃけ、ぼくのほうが大変じゃわ」

「そんなん言う余裕あるんじゃったら大丈夫じゃわ」

特別なことをするわけじゃなく、できる限り普段通りに過ごすというのが二人の間での暗黙のルールだったけど、いつもの分かれ道が近づくとだんだんとさみしくなってくる。

「今までありがとうな」

「きも！」

ぼくがついしんみりしたことを言ってしまったので、伊勢がすぐに馬鹿にする。

「きもくないじゃろ別に！」

ムキになったけどできるだけ冗談めかして聞こえるように気をつけた。

「別れの言葉みたいなのきもいわ！」

伊勢は背筋を伸ばし、手を広げオーバーな身振りで言う。いま一体どんな気持ちなのだろう。本心で言っているのか照れ隠しで言っているのかわからず、表情や声を注意深く観察したけどわからなかった。

「いやいや、ここでそれじゃってすっと別れるほうがきもいじゃろ！」

最後までいつも通りの雰囲気で終わらせたいのだろうか。

「もうきもいって言葉がきもいわ！」

「言い出したん伊勢じゃろが！」

くだらないことを言っていたらすぐに分かれ道まで来てしまった。

「どうすんこれ」

ぼくはいつも通りの空気のまま別れるつもりではなかったので、どうやって帰ったらいいかわからなくて可笑しくなってしまった。

「なにが？」

わかりやすくきょとんとした顔をしていて白々しかった。

「なんて言うて帰るん」

「また明日て言うたらええが」

伊勢が恥ずかしいことを言ってぼくは驚く。

「明日もうおらんがな」

伊勢なりに考えた結果なのだと感じた。

「ほんならまたなでええんじゃねんか」

「じゃあまたな」

迷いが感じられなかった。ぼくは少しでも長く話していたい気持ちだったけど、伊勢が普通にしようとしているせいで余計に寂しくなった。

「そんなさっぱり言うなや」

「いやそんなん言い出したらまた同じことになるじゃろ」

ぼくたちはなぜかお互いを見ないように話していた。キリがなくなってぼくがうだうだしていたら、

「今までありがとな」

と、伊勢の方から先ほどまで馬鹿にしていたトーンで話し出した。ぼくが仕返しに馬鹿にしようとしたら、伊勢が真剣な表情をしていてぼくはその空気に飲まれてしまった。

「言いとうないけどこのままじゃ帰れんからの、ほんま今までありがとうな」

「なんなぁ急に」

「別にまた今週でも来週でも会おうと思うたら会えるんじゃと思うてや、元気でやろ

うや」

「やろうやて、なんなら、格好つけてからに」

ぼくが言うと伊勢はもうなにも言わずに歩き出してしまった。

「え！　終わり⁉」

ぼくが背中に向かって言うと、伊勢はこちらを振り返って、

「またおもろい話聞かしてくれぇの！」

と言って手を振った。

「いや今どこで帰れると思うたん⁉」

「ほんじゃあの！」

伊勢はぼくが手を振り返すのも待たずに向こうを向いてしまい、本当にさっぱりと帰って行った。

「それ別に格好ようないでぇ……」

ぼくは一人取り残されて思わず口から出てしまった。ぼくの友達は大人びていて賢いやつだと思っていたけど、もしかするとただ格好つけている変なやつだっただけなのかもしれないと思った。けれど伊勢がさっぱりと帰って行ったおかげなのか不思議とさみしさはなく、ぼくはまた明日も会えるかのような気分で帰り道を一人歩いて帰

った。

8

父はこの間のことがきっかけで正式に裁かれることになった。裁判になり、それまでの暴力沙汰やお酒のことなどあらゆることが原因で、ぼくと母の住んでいる地域に近づいてはいけないということになった。ぼくたちは父が荷物をまとめて出ていくのを待たなくてはいけないことになり、おばあちゃんの家に住まわせてもらっていた。しかし父が家から出ていく気配は全くなく、さらには仕事にも行かなくなってほとんど籠城の様子だった。おばあちゃんの家は、ぼくたちの家からそう遠くない場所にあったため、酔っ払った父が突然こちらに来て家の外で暴れるということもあった。母とおばあちゃんはお酒が悪かったのかもと話していた。そんなことを繰り返していたせいで再び警察に捕まってしまうことになり、父は強制的に家を追い出されることになった。よくわからないままいろいろな段取りが済んで、いつの間にか離婚の手続きが終わっていた。

「あんた名字変えたい？　今のままでもええけどどうする？」

ぼくは草野の名前で生きていくことを選んだ。突然名前が変わると小学校でどんなことを言われるかわからないし、変に気を使われるのもいやだった。もしもこの先父に会うことがあったときに、名前が変わっているのを知ったら悲しむだろうなという気持ちもあった。母と子で名字の違う二人。ぼくたちはこれから二人で暮らしていくことになる。

家から父がいなくなって少し落ち着いたころ、ぼくと母は片付けるために久々に家の玄関を開けた。そこら中にビールの空き缶が転がり、シンクにゴミはたまっていて、それはもうひどい臭いだった。和室の障子はぼこぼこに破れており、土壁には所々血がついていておそらく父が家を殴ったのだろうという跡があった。居間の様子は変わり果てていて、なぜこうなるのかそこら中にガラスが散らばっていた。窓は割れカーテンは外れて落ちている。

ぼくは父よりもお酒の方がこわかった。いくら父でも以前ならここまでのことはしなかった。こうなる原因を作ったのもお酒だったけど、父の痕跡を見ていると、歯止めが効かなくなればこんなにも荒れ果ててしまうのだと胸が締め付けられる思いだった。ぼくと母は、しばらくおばあちゃんの家で暮らしながら少しずつこっちの家のゴミを片付けていくという生活をすることになった。

おばあちゃんの家から通う方が学校に近く、全く違う通学班になったことでぼくは少しずつ伊勢以外の同級生と話すようになった。さらに、ぼくの家が離婚するという噂がいつの間にか広まり、ぼくは話したことのない子たちから話しかけられるようにもなった。良いことなのかどうかはわからないけど、離婚のおかげでこれまでの話を色々な人に話せるようになり、気づけば友達もできていた。このことを伊勢に報告したかったけど、ぼくは伊勢の新しい住所も電話番号も聞きそびれていて連絡ができなかった。以前ぼくは伊勢に連絡先を教えていたので、連絡が来るのを待っていたけれど結局いつまで経っても連絡は来なかった。

父がいなくなってから、ぼくの家はこれまでよりも貧乏になった。これまでは父が車や服、自分の趣味のためにたくさんお金を使っていたせいで生活費を削られていたけれど、父が外食したい時は外で贅沢なご飯を食べたり、母が工夫してくれていたおかげで家でご馳走を食べられたりすることもあった。ぼくが欲しいものを買ってもらえるようなこともないけど、お金のことでは苦労したり、気を使って心配したりすることもなかった。

しかし、父がいなくなって、ぼくたちがおばあちゃんの家を出てからの貧乏っぷりはなかなかのものだった。国からお金をもらってもおかしくない暮らし、しかし母は国からお金を受け取ろうとはしなかった。母は頑固に自分の中のプライドを守ろうと、日々背筋を伸ばしていた。最近の母は以前の母よりも格好いい。当然父からのお金はあてにならないし、そもそも母も父からお金をもらうつもりはさらさらなかったようだ。ぼくを女手一つで育てていくと決めてくれた母。しかし母の始めた仕事はそんなにお給料が良い訳ではないようで、父のいた時より貧乏になっていることは明らかだった。

ぼくは父と母の離婚の経緯を見ているし全ての事情を知っている。だからたとえ誰かからお金を受け取ったとしても、悪いことをしているだとか頼っているのは良くないことだという風にも思わない。しかし母は離婚をすると決めた時から自分の信念にストイックだった。母は隠しているつもりだったのだろうけど、自分で稼いだお金だけで誰にも頼らずにぼくを育てる、という不器用といえば不器用な気合というか、命がけでぼくを育ててくれようとしてくれているその心を毎日のように感じていた。

最近の夕飯がおかしい。ぼくの分は白ご飯、おかず、味噌汁というメニューなのに対して、母が豆腐一丁だけを食べてそれでお腹いっぱいになったと食事を済ませる時がある。たまに他のものも食べるけど、豆腐だけで済ませてしまう日の方が増えていてぼくは心配だった。それほどまでにお金がないのだろうか。そんなことが続いていたある日、ぼくはもう一つの変化に気付いた。それはぼくのご飯の量が以前よりずっと多くなっていることだった。母はただ、ぼくにお腹いっぱい食べさせようとしてくれていたのだ。ぼくは我慢できずに、豆腐だけの日を増やしているのはぼくのためなのかと聞いた。もしそうなのだとしたら多すぎるくらいだから普通の量で構わないとも言った。すると母は驚いたような顔をして、

「もう～言わせんでよ、母さんダイエットしとんよ！」

と言った。それが全てではないとはわかっていたけれど、

「大地のご飯も増やしたげれるけぇ一石二鳥じゃわぁ」

と言ってくれる母の気持ちがうれしかった。

ある日、母が大きなオムライスを作ってくれたことがあった。母のご飯が豆腐だけという日が続いていてぼくはさすがに心配だった。

「豆腐だけでお腹いっぱいになる？　オムライスいる？」

「大地が美味しそうに食べてくれるから見とったらお腹いっぱいなるんよなぁ」

ぼくは涙が出そうになって、それを隠すために思い切り頬張って食べた。勢いよく口いっぱいに頬張るぼくを見て母が笑っている。そのとき、まだ口いっぱいに頬張っているのにくしゃみが出そうな感覚がしてぼくはとても焦った。せっかく作ってくれたご飯を思い切り吹き出してしまうかもしれない。ぼくは鼻の奥のむずっとした感覚が強くなるのを感じ、空いている手で慌てて口を抑えようとする。しかしぼくの手は少しも間に合う気配がなく、一瞬がとても長く感じられた。ぼくは白目を剥いて頬張っていたオムライスを全て母の顔面に吹き出してしまった。せっかく作ってくれた大事なご飯を無駄にしてしまったことが信じられず、ぼくは震えて母を見れなかった。

すると、オムライスまみれになっている母がぶっと吹き出して、

「ちょっともう〜！　手で抑えられよ〜！」

と笑い出した。ぼくがあんぐりとしていると、

「気をつけられぇよ」

と言ってティッシュを何枚か取り出し、それをぼくに渡した。ぼくは母のこの行動が衝撃的だった。母にとって、自分の顔が汚れていることより、ぼくがくしゃみをしたことの方が優先順位が高かったのだ。ぼくはこの衝撃と感動をいつか母に返したい

と思った。まだ幼いぼくにとって価値観を決定づけるのに十分な出来事だった。

父がいた頃はテレビのチャンネルは父が決めるものだったので、母がどんなテレビを好きなのか全く知らなかった。離婚してからは母がチャンネルを決めるようになり、ぼくはそこで初めてバラエティ番組の存在を知る。母はお笑いの番組をよく観ていた。

「母さんてようお笑い見とるよなぁ全然知らんかったわぁ」

「あれ？　言うたことなかったっけ？　母さん昔、大阪までようお笑い見に行っとったんよ！」

初耳だった。ずっと岡山に住んでいるはずなので、わざわざ大阪まで見に行っていたということは相当熱心だったのだろう。

「お笑いの芸人さんてええよなぁ、笑かしてお金稼いでめちゃ尊敬するわぁ」

「お金稼げるん？」

「そりゃそうよ人気が出たら大金持ちになれるんじゃゃで」

「ふーん」

ぼくは、将来はお笑い芸人になると決めた。母が好きなものでなおかつお金が稼げるならこれ以上はない。

「どうやってって同級生とかとコンビ組んでお笑いのライブ出るんじゃで」

知識のないぼくは、お笑い芸人になるためにはコンビを組む必要があるのだと思い込んで、もしコンビを組むなら伊勢しか考えられないだろうとぼんやり思っていた。

ぼくは全くお笑いを知らなかった。母からお笑いの話を聞いて初めて、テレビを見る母のリアクションが気になるようになった。一緒にバラエティを観ると、笑っているかどうかでなんとなく母の好みも分かってくる。母はトーク番組がとても好きだった。母がよく笑うのでぼくもトーク番組を好きになった。芸人さんの話はとても面白くて、こんな人たちがいるのかと感動した。

しかしそれと同時に、あることに気がつくきっかけにもなった。それは、母の話があまり面白くないことだった。母との二人暮らし、一番話をするのはもちろん母だった。しかしある日、面白い話だけをするという特番が放送され、観ていたぼくはあまりの面白さに衝撃が走った。母の話でこんなに笑った事はなく、ぼくはそれがきっかけで、もしかするとぼくの母の話は全然面白くないのではないかと気がついた。ぼく

は母の話を聞くよりも自分の話をたくさんしようと思うようになる。そして学校での出来事などを毎日のように話していたある日、

「あんたの話全然面白うねぇなぁ」

母にそう言われてがく然とした。一生懸命話していた事が恥ずかしくなって、

「まだ話の途中じゃがん」

と苦しい言い訳をして逃げた。母も母でお笑いが好きでいろんなものを見てきていたため、ぼくの話では全く笑えないようだった。たしかに、楽しいことや嬉しいことでは笑ってくれたけど、ぼくの話で母が笑うことはほとんどなかった。こんなことではお笑い芸人になるなんてとても無理だと感じてとても落ち込んだ。どうやったら面白い話ができるのか、笑える事が言えるのだろうかと悩んでテレビを観たけど、どうしてこんなに面白いのかさっぱりわからなかった。もしかしたら全く才能がないのかもしれない。なぜこれまで自分で気がつかなかったんだろう。思い返すと伊勢の顔が浮かぶ。

伊勢だけはよく笑ってくれていた。他の人には話さない話でいつも笑ってくれていた。それは決まってぼくの父の話だった気がする。もしかすると、伊勢が笑ってくれていたのは父のおかげだったのかもしれない。厄介な存在だと感じていたけれど、ぼ

くがそれを乗り越えようとしていたことや、大変さを想像して感情移入してくれたおかげでぼくは笑ってもらえていたのではないか。父が焼きそばの味付けに失敗して洗っていたことや、車の試乗中に知らない土地にぼくを放り出したこと、ぼくの大変だった思い出は、もしかしたら他の人にとって面白いことなのかもしれない。父との思い出を思い返す時いつも暗い色の景色が浮かんでいたけれど、今それが明るい色にひっくり返っていく感触があった。

ぼくは一から勉強しようと思った。ある芸人さんが日記をつけているという話をしていてぼくもそれを真似してみることにした。余っているノートなんてなかったのでチラシの裏に書く。最初の日記は、日記を書き始めた理由を書いただけで疲れて終わった。母に面白くないと言われたから笑わせたい、というようなことを書いた。翌日、それを見つけた母がひらひらとさせながら、

「もう笑わせてもらったわ！」

と、ひどく笑いながら言ってきた。勝手に読まれたこともそれを言われたことも全て恥ずかしかった。ぼくは、そういう事じゃないとチラシを奪い取り、これでもかというくらい細かく折りたたんで筆箱の中に突っ込んだ。ぼくは昨日の気持ちを少しも思い出せず、笑わせようというリアクションはできなかった。

9

二十歳、ぼくは随分と大きくなり、あの頃の父と同じくらいの背丈になった。髪の毛は変わらず天然パーマでくるくるしているけれど、グリースで少し抑えてツヤツヤさせる技術を身につけていた。生意気に古着屋に行くようにもなって、今はオーバーサイズの服を好んで着ている。ぼくは、東京で一人暮らしを始めた。

「こちらお弁当あたためお待たせしました」

「……つくなぁ」

「はい？」

「お前顔むかつくんだよ」

コンビニでのバイト中、おじさんに突然キレられるということがよくあった。普通にしているつもりでも、どこかおじさんの神経を逆撫でする顔をしているらしく、

「お前が働いてるからもうここには来ない」

と初めて会ったおじさんに言われたこともある。理不尽なことも多く、変なお客さんも多いけれど、コンビニでのアルバイトは嫌いじゃなかった。変なお客さんに絡まれたり理不尽に怒られたりするのは気持ちの良いものではないけど、そういうお客さんたちにしかない真剣味が好きだった。無茶苦茶なことを言っていても本気なのがいい。本気の人は見ていて気持ちが良い。全部ではないけど少しだけエッチなページもある雑誌をトイレの中に持って入って、袋とじを破ってトイレに放置するという大胆なおじさんはすごかった。店長に引きずられるように裏へ入っていってなんでそんなことをしたのか理由を聞かれたら、「我慢できなかったから」の一点張りで謝りもせず、むしろ堂々としていたらしい。ぼくはコンビニに来る人が好きだった。シフトにたくさん入ったし接客もきっちりするのですぐに時給が二十円ほど上がった。お笑い芸人を目指して上京したとは思えないほど真面目な日々だった。

「いらっしゃいませー」

「おっす」

伊勢はぼくのバイトが終わる間際に来て漫画を立ち読みする。店長にも知られているのに堂々と立ち読みするので、人の目を気にしないというか肝が据わっているというかぼくにはない部分で羨ましく感じる。ぼくはレジのお金を数え、次のシフトの人に何がセールで肉まんを何時から温め始めたかなどを引き継ぐ。そして着替えて出てくると伊勢が缶コーヒーを二本買っていて一本をぼくにくれる。お笑いライブのある日、伊勢は必ず缶コーヒーを奢ってくれた。

ぼくたちはあれから高校を卒業するまで全く連絡を取らなかった。友達は伊勢しかいないと思っていたけど、少ないながら友達ができたし、高校では彼女ができたりもした。高校を卒業してからの進路はずっと前からお笑い芸人をやると決めていたので、大学に行くつもりはなかった。東京でお笑い芸人をやると彼女に伝えたら、地元に残りたいとあっさりフラれた。

伊勢のことを思い出したのはそんな時だった。友人のつてで伊勢の連絡先を聞き、東京へ出る前に会っておこうと思い連絡をした。伊勢はあれからさらにもう一度引っ越しをしたらしく、ぼくの全く知らない街に住んでいた。久しぶりに会ってぼくは驚いた。伊勢はぼくより一〇センチ以上も大きくて、想像以上に男前になっていた。そしてそれ以上に驚いたのは、伊勢もお笑い芸人をやるために上京しようとしていたことだった。

「伊、草？」

「あ、伊草と書いていぞうと読みます」

「伊草さん、道具はどうされますか？」

伊勢の伊と草野の草を取って、伊草というコンビ名をつけた。お互いの名字から漢字を一文字ずつ取る、というところまではすぐに決まったのだけど、なんとでも読めるコンビ名になったのでなんと読むかで悩んだ。いぐさ、は畳やござなどを連想させて嫌いじゃないという話になったのだけど、すでに売れている芸人さんのコンビ名に近かったのでやめた。お笑い戦国時代などと表現することもあるので、いくさ、も恥ずかしくて無し。ひっくり返して草伊にすると、くさい、になってしまうのでこれはあり得なかった。

「いぞう、がいいんじゃない？」

同じことを思っていた。ぼくと伊勢はお笑いコンビを組んだ。


ぼくたちは盛り上がった。お互いに中央線沿線に住むと決めていたことや、たくさんの人に混ざるのが怖くて養成所に入るのを一旦様子見していたことなど、考えていることも近かった。あっという間に売れてしまうのではないかと息巻いていたけど、コンビを組んで一年、ぼくたちはほとんどバイトしかしていなかった。お笑い芸人としての活動は、こちらからお金を払って出演するフリーライブと呼ばれるものだけだった。ライブは月に一回か二回。お客さんが二人しかいないこともある。自然にコントのネタを作るようになっていたので、衣装代や小道具代がかさんで大赤字だった。

「あ、机一つと椅子を二脚お借りしたいです。あと音源流したいのでそちらも確認したいです」

道具の位置や音源の確認をする、場当たりと呼ばれるリハーサルにもやっと慣れてきた程度。ぼくたちは箸にも棒にもかからない砂粒だった。

「めっちゃめちゃ緊張するわ、今日ちょっとお客さん多いなぁ」

伊勢ががらがらの客席に言う。わざと多いと言っているのではなく、本当に多いと思っている。ぼくたちは出番まで客席の後ろから見学させてもらっていて、伊勢は十人くらいのお客さんを見て多いと言う。昔のすかした印象が打って変わって純粋な男になっていた。何がそうさせたのか、うまくいかない日が続いても舞台に立てること自体を楽しんでいる。百人入ったら満員という劇場で、十人のお客さんを見て多いと感じるなら、実際に満員の客席を見たらどうなるのだろう。

「いや多くはないわ」

少ないわと言うと伊勢はあまり喜ばないだろうと思った。

「準備しようか」

ぼくは伊勢を連れて楽屋へと戻り、赤ん坊をあやすお母さんとその守護霊の格好に着替える。

赤ん坊の人形が一万円、守護霊の衣装が四千円。エプロンやカーディガンで三千円。そしてライブに出るためのエントリー料が三千円で二万円のどんずべりだった。

「流石《さすが》にすべったなぁ」

「ちょっとひどかったなぁ」

着替えながら笑う。他の芸人さんもそんなにウケているわけじゃなかったけど、ぼくらは群を抜いていた。

「途中あれなんのマジックテープ？　どこから聞こえた？」

「お客さんのリュックよりリュック！　めっちゃ見えてたもん」

情けない日が続く。ぼくたちは毎日ファミレスに集まり、コントを考えてはすべってということを繰り返していた。初めて少しウケた時、はたから見たらなんでなのかわからなかっただろうけど、大爆笑を取ったみたいに喜んだ。小さな成長をしっかり喜ぶことは大事、と二人で励まし合った。

いつものライブで準備をしていた時、客席から聞き覚えのある音楽が聞こえてきてぼくは耳をすませた。お客さんを客席に案内している開場時間中はいつも音楽が流れているが、今日はこれまでと違った。ビートルズだった。久しぶりに父の顔が浮かんだ。ぼくは父に関わるあらゆるものを遠ざけるようにしていたので、ビートルズを聴くのは久しぶりだった。久しぶりに聴くと心地よくて、いいものはいいのだと感じた。流れている音楽を携帯に聴かせると、それがなんという曲なのか教えてくれるアプリがあり、それを試してみる。携帯を音の聞こえる方に向けると画面に検索中と表示され、ぼくは結果が表示されるのを待つ。画面が暗くなった。スリープしてしまったのかと思って触れると画面が切り変わり、着信画面が表示された。

画面には知らない番号が出ていて、最初は一体誰なのか分からなかった。間違い電話かバイト先の誰かかと思って恐る恐る出ると、それは、父からの電話だった。

「もしもし?」

と電話の相手が言った。父の声だった。あまりに突然のことでぼくは文字通り耳を疑う。しかし少し鼻にかかったようなその言い方は紛れもなく父のもので、ぼくは久しぶりの感覚に体がこわばっていた。突然現れた父かもしれない声のせいで頭の中がこんがらがる。ぼくは整理が付かずなぜか辺りをきょろきょろと見回してしまう。誰かがどこかで見ているんじゃないかというような気分で背筋が少し寒くなった。こんなタイミングで一体なぜ。

「もしもし？」

やっとの思いでどきどきとしながら振り絞って言う。すると電話の相手は、

「誰かわかるか？」

と言った。それは別れる前と全く変わっていないあの頃と同じ父の声だった。嘘みたいなタイミングで電話をかけてきた。これからなにが起こるんだろうか、よくないことだろうか、あまりの偶然に驚いてそんなことを思っていたら可笑しくなってくる。

「父さんよな？」

ぼくはこれから久しぶりに父と話すのだと覚悟を決めて言う。

「久しぶりじゃのぉ元気しとったか？」

ぼくの言葉が聞こえたのか伊勢が驚いてこちらを見ている。口をパクパクさせながら声を出さずにおとうさん？　と聞いている。ぼくがうなずくと、手でぼくを払うようにして外に行ってこいと言った。ぼくは劇場の外に出て、一度深呼吸をする。

「うん元気にしてたよ」

父は普通の親子のように話していた。ぼくはまだどきどきとしているけど、十年ほ

ど前より心なしか父の声が穏やかになっていて安心した。すぐに思い出せる父の声はほとんどが怒鳴っている声だったので、落ち着いている声が新鮮に感じる。

「今なんしとん？」

父は同級生のような口ぶりでぼくに聞く。本当に今何をしているかを聞いているような言い方だったけれど、父は仕事やどこに住んでいるかということを聞きたいのだろう。ぼくは東京の武蔵小金井というところに住んでいると伝えた。

「東京か、じゃけぇなんか気持ちわりぃしゃべり方しとんか」

父は標準語が混ざり始めているぼくのことを気持ちわりぃしゃべり方と言った。

「でもやっぱりなぁいう感じじゃで」

父は自分の中で何か納得するところがあったようでうんうんと言った。

「なんか東京行くじゃろうなぁとは思うとったんじゃ、父さん勘が鋭《するで》ぇけぇのぉ」

「鋭いからね」のことを「鋭ぇけぇのぉ」と言う人はあまり勘が鋭いように思えないけど、父はそう言い張った。

「東京で何しとん？」

ぼくはどきっとした。父はぼくが東京で芸人を目指していることなど知らないはずだ。携帯の番号は誰から？　リーダーの顔を思い出そうとしたけど、それどころではなかった。東京にいるだろうと思っていたということは、何か夢を追いかけているのではないかと想像していたということだろう。しかし父に正直には言えないと思った。父に言うことが怖かったり恥ずかしかったりという訳ではない。それはどこから湧いてくる、なんで関係のなくなったあなたに言わなきゃいけないんだという気持ちだった。ぼくは父のことがはっきりと嫌いだ。今日はなぜか父の好きだったことに触れてみようというような気持ちになっていただけで、昔のことを許せたわけじゃない。ぼくはどう答えていいか迷って、

「コンビニでアルバイトしてるよ」

と芯を外して答えた。すると父が、

「なんかやりてぇ思うとることがあるんか？」

と芯に戻して聞いてきた。ぼくは本当のことを言うのも嫌だし、かといってはぐらかすのも嫌だった。

「物書く人になりたいなぁって思ってる」

ぼくはなぜかそう答えていた。物書く人とはまぁ何ともざっくりとした答えだけど、あながち嘘というわけでもないので悪くないと思った。それを聞いて父は、

「小説家か！」

と言った。ぼくは広い範囲の意味でお話を書く人というようなつもりで言ったので、小説家になると言ったわけではなかったのだけど、

「ええがな！　大地は小説家になるんじゃあねんかなぁて思うとったんじゃ」

「まぁ小説家っていうかまぁ」

「やっぱりわしの勘は鋭ぇいうことじゃあの！」

父は自分の勘が鋭いと喜んでいた。本当は勘が当たっていないけどそれを父に言うことは出来ず、ぼくは小説家を目指しているということになった。

「急にどうしたん？」

少しほぐれてきて父に聞く。突然電話してきたのだから何か理由があるのだろう。

「いやぁ実はのぉ」

実はのぉと来た。実はのぉということは何かぼくに言わなきゃいけないことがあるということじゃないか。何かよくないことを言われるのではと察知して身構える。ぼくは恐る恐る、

「実はのぉ？」

と父の言葉をそのままに聞き返す。

「わしのぉ……」

沈黙が入ってぼくは息苦しくなる。父が何を言うのか何を言いたいのか全く想像が付かない。ぼくは沈黙したまま父の言葉を待った。

「再婚するんじゃ」

思いがけない一言だった。ぼくは驚きっぱなしだ。

「……再婚って再婚?」

念のために聞き返す。

「そうなんじゃわし結婚するんじゃ」

間違いなく再婚だった。あの父が再び結婚する。報告を聞いて頭に浮かんだのはおめでとうという言葉だった。

「えぇー!」

けどぼくはおめでとうとすぐには言えずとにかく驚いた。

「びっくりしたじゃろうけどほんまに結婚すんじゃわ」

本当にびっくりしているけれどよかったなと思う。しかし父はお酒で家庭をめちゃくちゃにした過去がある。そのことが心配だし新しい奥さんは父の昔を知っているのだろうか。そんなことが頭をよぎる。一瞬考えていたら父が、

「わし生まれ変わったんじゃ」

とはっきり言った。

「もうお酒も完全に飲んでねぇしちゃんとしとるけぇ安心せぇ」

まるでぼくの心の中を見透かしたように言う。本当に勘が鋭いのかもしれない。ほっとしたのは生まれ変わったと言って欲しかったからだろう。

「じゃけぇまぁ、その～……新しい奥さんのお腹に子供がおるけぇ産まれる前に」

「そうなん⁉」

奥さんが妊娠していることをさらっと言う父の神経を疑う。ぼくに弟か妹ができるかもしれなくてもう一段階驚く。

「そうなんよ、じゃけぇの？　産まれたらもう大地には会えんようなるかもしれんけぇその前に報告じゃねえけど一回会って話さんか？」

父はこれを言うために電話をかけてきたようだった。結婚報告や妊娠の報告ではなく一度会って話がしたいということを伝えるために電話をかけてきた父は、昔の父と別人なんだろう。今ならあらゆることを話して父を許せるかもしれない。どんな父であれ、ぼくにはたった一人のかけがえのない父だ。嫌いなまま生きていくより好きになって生きていくほうがずっといい。

「ええよ、どこで会う？」

「わしが東京行くわ」

「わかった、ほんなら東京で」

月日が経てば感情も変わるもので、どうしようもなかった父が変わろうとしていることへの感慨で胸がいっぱいだった。

「行きてぇ古着屋とかあるけぇ道教えてくれぇの」

父は今もスティーブ・マックイーンに憧れていて、古い革ジャンやジーンズを集めているのだと分かっておかしかった。

「わかった、お店どこかまた教えて」

「ほいじゃあまたの」

「じゃあまた」

ぼくと父は予定を合わせ、月をまたいで最初の土曜日に東京で会うことになった。電話が切れると、画面が元に戻り、検索していたその曲が流れ始めた。ずっと聞いていなかったけどあの頃毎日のように流れていた音楽。照れたような観念したような低く小さな笑いがこみ上げる。小学生だった頃助手席で感じた風が頭の中に吹いた。画面の中から、ビートルズがこちらを見ていてすこし引いた。

10

約束の土曜日。昨日父は行きたいお店があると言い、そのリストとそれぞれの店のホームページのURLを送ってきた。その中の何軒かが渋谷に固まっていたのでぼくはとりあえず渋谷に行く段取りにしようと父に伝えた。

十二時に品川駅。岡山からは三時間ほどかかるだろうか。自分も新幹線に乗って東京へ来たけれど岡山までの距離がどのくらいなのかはっきりとわかっていない。ぼくは昨日の夜からそわそわとしていてなんだか気持ちが悪かった。父に会って二人でご飯を食べて美味しいわぁと言い合ったり、新しい奥さんとの出会いや馴れ初めを聞かされたりして祝ったりするのだろうか、その時ぼくはどんな顔をして聞いたらいいのだろう。母はまだ父が再婚することを知らない。母には父と話したあとでこのことを伝えようと思っている。父も、

「母さんには言うても言わんでもええし、まぁ言えたら言うといてくれやぁ」

とじめっとぼくにお願いしてきた。と言っても母にこのことを伝えたところで、「そんなんどうでもええわ、どうぞ幸せになってくださいって感じ」と顔のあたりで手をひらひらさせながら言うだろう。母にとってはわざわざ聞かせる必要のないことなので内容次第でぼくが決めたらいい。

九時。父はもうすでに家を出て新幹線に乗っているはず。落ち着かない気持ちで家の中をうろうろする。うろうろするくらいしか思いつかないなら外を散歩してしまおうと思い、ぼくは靴を履く。父は何を思いながら東京へ向かっているのだろう。考えても仕方ない。田舎に住んでいた時に抱いていた東京のイメージと違ってうちの近所には畑が多い。窓や網戸にすぐ砂が溜まって掃除するのが面倒なくらいだ。緑も多く自然が身近に感じられるところがぼくは気に入っている。天気も良くゆったりとした気持ちのいい風が吹いている。ぼくは葉っぱが風に擦れる音や自分の靴の音に集中して歩く。歩いていると少しずつ気分も落ち着いてきた。腹をくくるしかない。

父はぼくに何を話すのか考えているのだろうか。きっと父は新しい家庭について話すだろうし、これまでどうしていたか、これからどうしていくのかを話すだろう。

それに対してぼくは一体何を話せばいいのか。これまで言えなかったこともたくさんある。母を傷つけたこと、酒で暴れたこと、家庭を顧みない父にどんな思いを抱いていたのか。そんな話はしなかったとしても、もしこれからの話をすれば、ぼくが小説家を夢見ているると思っているので話のつじつまが合わせられないかもしれない。小説家を目指しているけどまだ全然何もできてなくて勉強中、というようなことを取ってつけたように言うのだろうか。それだったら芸人をやっているとはっきり言った方が楽なんじゃないか。言いたいことはいくらでもある、正直にちゃんと話そう。

たった一人の父だ。これまでのことよりこれからのことを大事に思うのなら、ちゃんと父に話してけじめをつけよう。ぽかぽかとした陽気の爽やかな風の中、ぼくは眉間にしわを寄せて汗をかくほど歩いていた。どこへ向かうとも決めず夢中になって歩いていたら時間を忘れてしまっていた。

あれから十年ほどが経った。母は知り合いの紹介で自動車教習所の事務として働き始め、今ではすっかり教習所の気の良いおばちゃんになっている。しばらく前に電話で話した時、車が好きなのでいずれは運転する仕事もしてみたいと言っていたこと、バイクの大型免許を取りに来たおじさんと良い感じになっているとかいないとか楽しそうに話していたことを思い出す。

母は、ぼくがお笑い芸人になると決めたことを応援してくれた。東京に行ってしまうのは寂しいけど、テレビを観ているぼくの楽しそうな顔が母にとっても印象深かっ

たようで、

「芸人さんに囲まれとったらきっと仰山《ぎょうさん》笑って過ごせるんじゃろうなぁ」

そう言って送り出してくれた。

父もぼくも母もそれぞれ新しい道を進んでいる。ぼくはくるりと折り返して家に帰った。シャワーを浴びて気持ちを整える。服を着替えてお金も確認してあとは品川へと向かうだけ。ぼくは改めて家を出た。


品川までは中央線で新宿に出て、そこから山手線に乗り換えて向かう。品川にはぼくも行ったことがなかったので少し背筋の伸びる思いがする。新宿駅にはすごい数の人がいて、ぼんやり見ているとそれぞれ荷物の大きさが違うことがなぜか気になって見惚れた。初めて東京に来た人、東京に慣れている人、学生や社会人、何をしているかわからない人。遠くからやってきたんだろうと思わせる大きな荷物を見ると愛おしい気持ちになった。

ぼくは人波に混ざって山手線のホームに向かう。これに乗れば父に会ってしまう。引き返したいような早く乗りたいような気持ちの悪い感覚だった。ぼくは表情を変えないように意識しながら、電車に乗った。飛び込むような気分だったけれど顔には出さないように気をつけた。アナウンスが聞こえて電車の中の案内板を見る。次は品川だった。父からもうすぐ着くと連絡が来る。窓の外にはたくさんのビルが建っていて、いかにも東京という景色。ぼくは父に会うのを楽しみにしているのだと気づいた。どんな顔になっているのか、髪の毛はまだ残っているのか、奥さんはどんな人なのか、子供にはどんな名前をつけるのか。いくらでも話せると思った。品川に着く。ドアが開いてホームに降りる。たくさんの線路がある巨大な駅。父はもうすぐここにやってくる。ぼくは足早に改札を出た。

新幹線から電車への乗り換え口は北と南にある。なのでぼくはどちらの改札から出てくるのか教えて欲しいと父に連絡した。するともう間も無く着くからすぐに連絡すると返事が来た。

北と南どちらの改札にもすぐに行けるように中間地点で待つ。品川駅は新宿駅とは違って明るく巨大で、行き交う人たちは大きな荷物の人が多い気がする。携帯が震えて父から連絡が来る。品川に着いて今新幹線から降り、北側の乗り換え口へ向かっているとのこと。父が改札を出て迷ってしまうといけないので小走りで北へと向かう。新幹線からの改札に着くと、ちょうどたくさんの人が出てきたのでぼくは人混みを注意深く見る。

父の姿は見えない。はしゃぐような声が聞こえてそちらを見ると、久しぶりに会ったのであろう女性二人が手を取り合って笑っている。ぼくたちはどのような顔をして会うのだろう。照れ臭そうにしてしまうのだろうか。改札の奥をじっと見ているが父はなかなか現れない。

そうして待っていると出てくる人の波が落ち着いてしまった。出てくるはずの父がいつまで経っても現れないので、ぼくは北側の乗り換え口に着いていると連絡する。どこかで待っているのではないかと近くを探してみたけどどこにも見当たらず、父からの返事もなくて心配になってきた。

父から南側に出たかもしれないと連絡が返ってきた。なんで北に出ようとして南へ向かってしまったのかわからないけど、ぼくは走って南側の乗り換え口に向かう。東京でも有数の巨大な駅は北から南へ行くだけでも一苦労する。無事に南側の乗り換え口に到着すると、ちょうど次の新幹線が着いたのか再びたくさんの人たちが改札から出てきていた。父はすでに出ているだろうから人混みの中で立ち止まっている人を探す。なかなか見つからず、降りてきた人たちの波が落ち着くのを待って父を探す。改札の向こうもこちらも注意深く見ているが父の姿はどこにもなかった。

南側の改札の切符売り場のあたりに立っていると携帯に打ち込んでいると、もしかすると北側の改札に出ているかもと父から連絡が来た。

本当に北にいるのかも怪しいので何が見えるかを聞くと、今は広場のような場所にいて交番がすぐ目の前にあるとのこと。新幹線の乗り換え口に交番なんてあったろうか。地図を見ると、交番や広場は乗り換え口ではなく駅を出たところにあった。父は間違いなく駅の外に出てしまっている。そもそも乗り換え口という言葉の意味が伝わってなかった。見ると港南口と書いてあり、そもそも北でもないしいくらなんでも間違えすぎだろうと不安になった。

こんなに歩くなら朝散歩に出かけなければよかった。駅の中を行ったり来たりして足が疲れていたのでぼくは全く急がずに港南口へ向かう。歩いているとそわそわする気持ちやどきどきする気持ちがなくなっていることに気づいた。

ぼくは港南口を出て目印の交番を探す。振り返ると、港南口と書いてある看板がでかでかとあって笑ってしまった。

駅を出たところの階段を降りるとそこに交番があり、警察官が男と話していた。男は警察官に何を言われたのか、反発するような態度で揉めている。父だった。

久しぶりに見た父はぼくと変わらないくらいの若い警察官と揉めていた。父はぼくに気づいておらず警察官を睨んでいる。父はTシャツにジーンズの黒い髪の坊主で、髪の毛は昔から考えるとそんなには減ってなかった。ただ、昔のようなゴツい印象はなく、ゴリラのようだった体つきもひょろっとしてシワもくっきりと増えている。父は小さくなっていた。ぼくは間に入るために近づく。

「すみません父なんです！」

まさか一言目がこんな言葉とは。すみませんでしたと頭を下げて父を見る。ぼくが間に入ってきたことで距離を取ろうとしたのか父が警察官から少し離れる。ぼくはその足取りに違和感を覚えた。

「ポリスに迷惑かけっしもーたでぇぇ！」

ぼくの聞いた父の一言目だった。なにその言い方と言いかけた時、父の様子がおかしいことに気付いてぼくは嫌な予感がした。

「ひへっ！　しなぎゃーてむじぃのお！」

父は酔っ払っていた。生まれ変わったと言っていた父が目の前で酔っ払っていることが信じられない。ぼくが恐る恐る、

「お酒飲んでる？」

と聞くと父は、

「ちこーっとの！」

と言った。生まれ変わってなかった。父は父のままだった。ぼくは今日に一体何を期待していたのだろう。乗り換え口とか改札とか北と南とか、難しくて迷っていたんじゃなくて酔っ払っていたから分からなかっただけだった。

「ほいじゃあ渋谷連れてったったってくりぃ〜」

父はご機嫌な様子だった。ぼくは重い足を引きずるようにして階段をのぼる。何がショックだったのだろう。裏切られたような気がするからだろうか。反省がないように感じるからだろうか。母だってお酒を飲むわけだし、飲むことが悪いと言っているわけじゃない。何がこんなにショックなのか。

「スイカとか持っとる？」

ぼくはほとんど目をつぶりながら父に言う。

「ん？　金玉なら持っとるでぇ？」

最悪だった。周りの人が父を見てぼくを見る。顔がそっくりなので誰がどう見ても親子だと気づくだろう。今すぐ帰りたい。

「切符買おうか」

ぼくは渋谷までの切符を買って渡す。

「がっはっはっは！」

父は自分の言ったことで笑っていて気味が悪かった。改札を通り山手線のホームに続いている階段を降りると、たった今電車が行ったところだったようで人が少なかった。乗車位置の案内に従ってぼくと父が横並びで待つ。

「何本も電車走らしてエコじゃねぇのぉ」

父が突然地球の味方ぶる。電車の中で静かにしてくれればいいけれど期待できそうになくて心が沈む。

少しずつ人が増えてきてぼくたちの隣にもおばあさんが並んだ。急に背筋がゾクッとして殺気を感じる。なぜか父がおばあさんを猛烈に睨みつけている。もしかすると、横入りされたと思っているのかもしれない。東京の電車は横に何列かで並んで待つということを知らないために、おばあさんに横入りされたと勘違いして怒っているんじゃないだろうか。足元にも指示が書いてあるのでそれを見れば理解できそうなものだけど北と南の分からなかった父にわかるわけがない。おばあさんがぼくたちのことを気にしないで済むようにどうにか父に説明しようとした瞬間、父がおばあさんの顔を覗き込むように自分の顔を近づけて、

「ええ度胸しとんのぉ?」

と脅迫した。ぼくは慌てて割って入って父の暴走を止める。知らない土地に来てよ

くこんなことができるなと心の中でッッコむ。おばあさんは知らない男に凄まれたことで怯えきっており、目を剝いてぼくたちから離れていった。

「電車乗んなぁー！」

父はおばあさんの背中にさらに言葉を投げつける。大きな声でそんなことを言ったせいでとんでもない数の視線が集まる。

「何考えてんの⁉」

「電車乗る資格ねぇ奴に電車乗んな言うて何が悪りぃんなら！」

「横入りされたと思ったかもしんないけどここ三列になっていいんだよ」

ぼくは足元を指差して言う。父は自分の勘違いだったことを理解したのかしてないのか首を傾げて、

「まぁええけど」

と強がって言った。電車が入ってきてドアが開く。父は降りてくる人たちを待たずに乗ろうとして人とぶつかりそうになり、

「邪魔じゃあほうが」

と無理やり押しのけて乗り込んだ。もう父の近くにいるのが嫌だった。どうにか関係のないフリをしたい。しかしぼくは父と顔がそっくり。電車の中は静かにしなけれ

ばいけないということだけ言ってぼくは目をつぶって下を向いた。

三十分ほどでこんなに疲れるなんて思ってなかった。電車の中でも暴れないか不安だったけど父が静かにしていて安心した。ぼくがしんどそうにしているのに気づいたのかもしれない。

「がふぅう」

父が大きなげっぷをして車内がぴりっとする。しかしなんとかそれ以上のことは起きずに渋谷に到着した。ぼくもあまり詳しいわけではないので地図を見ながら父の行きたいと言っていたお店に直行する。

「くっそあちぃのぉ！」

父は暑がりですぐに汗だくになり、カバンの中からタオルを取り出して首に巻いた。父の行きたい店の一軒目は、革製品をたくさん扱っているお店だった。

店に着く頃には汗だくになっていて、入ってきた父を見た店員さんは少し顔をしかめたように見えた。店内にはずらっと革の服が並んでいて、値札をちらっと見たらとんでもない額だった。汗ばんで湿った手で革ジャンを触る父。わざとやっているのかなんなのか、タオルがあるのに手で顔を拭う父。次々とジャケットを触っていくので店の人にもし注意されたらどうしようかと心配になる。ぼくは父がぐるっと一周した

ところで、
「今いらないんじゃない？　お腹もすいてきたし次のお店行こうよ」
と促した。店員さんにも聞こえるように話したので、息子の方が理解しているから
もう少し我慢してみようという気持ちになってくれたら幸いだ。
「確かにこの店来れただけでも十分かの」
父はそう言って店員さんにピースをして店を出た。店員さんもほっとした様子でぼ
くたちを見送ってくれた。
「古着屋の方行きてぇのぉ」
一軒目のお店から割と近くにあったのでスムーズに行けたけれど、父はさらに汗を
かいていて不安になった。古着屋の店員さんは笑顔で迎えてくれたけど、父の汗を見
たときは一瞬表情が歪んだように見えた。父は次から次へとTシャツを広げジーンズ
を広げていく。
「こっちのジーパンとこっちのジーパンどっちがええ？」
「一本目の方がええんじゃない？」
ぼくが言うとうーんと悩んでいる様子で二本目のジーンズを見る。なぜ父とこんな
ことをしているのだろう。

「どっちも買うわ」

父は生まれ変わってない。東京に来ていることが楽しいのかもしれないけれど、いつまでも自分の楽しさだけを追いかけている父は生まれ変わっているようには見えなかった。このお店では結局Tシャツ四枚とジーンズ二本を買った。店を出ると父は、

「汗びしょじゃけぇ新しいの着たろうかのぉ！」

とTシャツを脱ぎ始めた。嫌な思い出がフラッシュバックする。しかもここは田舎の駐車場じゃない。渋谷のど真ん中で服を脱ぎタオルで体を拭く父。

そして今買ったTシャツを一枚取り出し、タグを歯で噛みきろうとしている。ぼくはあ然として見ている。これがぼくの父か。新しいTシャツに着替えた父はえらく上機嫌で、

「蕎麦でも食おうや！」

と言った。ぼくも疲れているし一旦座って落ち着きたい。どこにお店が集まっているかもよく知らないので携帯で調べると近くに一軒見つかり、そこは駅に戻る道の途中だったのでぼくたちはそこに向かうことにした。

父と向かい合って座る。あまり繁盛していないのか客はぼくたちしかいなかった。向かい合って座っていることは落ち着かないし、まともに父の顔を見てしまうとやは

りこんなことはいつ以来だろうと思ってしまう。言い出せばきりがない。

「天ぷらでもカツ丼セットでもなんでも好きなもん食べたらええからの」

メニューを広げて父親らしいことを言う。へとへとになっていたのでぼくはざるそばにする。父が店員を呼び、

「ざるそば二つ、あとビール中瓶で」

父は当たり前のようにビールを頼んだ。もしかしてぼくの前でお酒を飲むことになんの引っかかりもないのかもしれない。だとすればこの前の電話は一体なんだったんだろうか。

「ビール飲ましてもらうけぇの」

父からそう言ってきた。ぼくは駅で会ってからここまでの全ての行動のその無神経さに腹が立って我慢ならなくなってきていた。

「先にビールです」

店員さんがビール瓶とグラス二つを持ってくる。

「おめぇも二十歳《はたち》じゃろ？　一緒に飲もうや」

父がビールを注ぎ、ぼくにグラスを持つように目線を送っている。

「おめぇあんま酒飲まんのか？」

ぼくは二十歳になったし、普通なら父親と息子でお酒を飲んだりするのかもしれない。でもぼくたちにとってお酒は忌々しいもののはずだった。

「パァー！　うめぇのぉ！」

ぼくはビールを一口飲む。飲みたくもなんともないけどどうしたらいいかわからなかった。

「母さん元気にしとるか？」

「うん」

そっけない返事になる。客がぼくたちしかいないせいでぼくが黙るととても静かになってしまった。

「くそばばあは生きとんか？」

「え？」

「おめぇんとこのくそばばあはまだ生きとんかて言うとんじゃ」

何を言っているのだろう。

「あのばばあの家が近所に無かったらおめぇらあん時わしの家に帰ってきたじゃろぉが。あんのくそばばあのせいじゃでほんまにのぉ」

ぼくは蕎麦屋を出たらこんな人間は放っておいて帰ろうと決めた。

「今日なんでお酒飲んできてたの？」

我慢できずに言ってしまった。納得できるような答えが返ってこないだろうことはわかっているけど、ぼくたちを馬鹿にしたような父の行動が許せなかった。

「久しぶりに会うってわかってたのになんで？　今日だけはお酒飲まずに来なきゃダメだったんじゃない？」

「いやいやなんなぁ急に」

「なんで来る途中にお酒飲んだの？」

「なんでっておめぇ久々に我が息子と会うんじゃけぇ祝い酒じゃがな」

話の通じない人に何を言っても仕方ないんだろうけど、開き直るような父の態度がより神経を逆撫でする。

「生まれ変わったって言ってたよね⁉　もう酒も飲んでないって言ってたよね⁉」

父は声を張り上げた。

「やかましいのぉ今日くれぇ飲んだってえかろうが」

店員さんが一つそばを持ってくる。ぼくはビール瓶とぼくのグラスをどけてスペースを作る。父はグラスを持ってビールを飲み干す。

「あんた話聞いとんか⁉」

「おんどれクソガキが、おめぇあんたって誰に言うとんな？」

「だっさ！　そうやってドス利かせて喋っとったらあんたの思い通りになるとでも思うとんか⁉」

「大地あののぉ⁉　店の中じゃけぇ一回落ち着こうや」

冷静ぶった父になだめられたことで怒りが膨れ上がる。

「母さんに聞いたで！　酒で失敗したけぇあんた病院通ったり施設入ったり大変じゃったんじゃねんか⁉　そんでやっと新しい家族と再出発するからいうてぼくに会いに来たんじゃねん⁉」

「じゃけぇおめぇその偉そうな口誰に使っとんなて言うとんじゃ」

「それしか言えんのか！　今日は再出発のけじめとしてぼくに会いに来とんじゃろ⁉　馬鹿みたいに酔っ払いやがってほんまに人を馬鹿にしたようなその態度、一回謝れ言うとんじゃ！」

ぼくは父に真っ向からぶつかった。父に逆らったのはぼくが小さい頃、ドラッグストアでの一度だけだった。

店員さんがもう一つのそばを持ってくる。明らかに困惑した表情をしている。

「じゃけぇ誰に向かっておめぇ言うとんなて言うとんじゃ！」

父はこれしか言わなかった。ぼくは怒っても仕方ない相手に怒っていることを認めて諦めた。虚ろな気持ちだった。向き合おうとした自分が惨めに思える。

「もうええわそばだけ食べよう」

ぼくは喧嘩するのに疲れてそばを見ながら言う。父はビールを注いで再び飲み始める。また腹が立って急いで食べていたら口の中を嚙んでしまい、父との久しぶりの食事はそばに血の混ざった最悪な味だった。ぼくはお金を机の上に出して席を立つ。

「もう帰るわ」

「金しまえ、わしが払うけぇ」

無視して店を出ると父が慌てて追いかけてきてぼくの肩を摑んだ。

「何がそんなに気に入らんのんな！」

父が真剣な顔で言う。ぼくはどうでもよくなっていて、

「ちょっとでも正しいおもっとったことが間違いじゃったわ」

と冷たく言う。同じ顔をした親子が揉めていることが恥ずかしかった。

「おめぇ自分の親に対して生意気な口ばぁ利いてぶち回したろうか！」

また同じことを言う父。ぐるぐると同じことを言われることに苛立って、

「もうええから！　なんもかんも！」

と言ったら、

「このボケカスなめとんか」

と顔を近づけてきた。なめるとか生意気とか偉そうな口とか、前に進まないしきっともうお互いを理解できない。どうせこれで最後なんだったら、ぼくは思っていることをぶつけようと思った。

「ぼくは父さんにこうなって欲しかったわけじゃねぇ！」

ぼくは父の肩を押し、顔を突き返して言う。

「あの頃じゃって楽しゅう酒が飲めるならいくらでも飲んでくれて良かったんよ！　それが結局溺れて負けてしもうて離婚することになったんじゃろ!?　ぼくは別に離婚する家に生まれたかったわけじゃねぇ！」

父は言い返してこなかった。ぼくは続けて、

「でもそうなったもんは仕方ねぇし母さんとおばあちゃんのおかげでなんとか大人になったんよ！　じゃけぇ母さんとおばあちゃんには感謝しとる！　じゃけどあんたは勝手に酒に負けてどっか行ったろうが！　父親ぶんな！」

父は黙って聞いている。

「じゃけど責めても仕方ねぇこともわかっとる！　父さんじゃって辛い思いして頑張

ってお酒やめたんじゃろ大変じゃったろうよ！　でもなんとか大事に思ってくれる人に会えて新しい家族ができるかもしれんてところまで頑張ってやり直せたんじゃねん⁉　それをまた酒飲みやがって台無しにしたらどうすんなって腹立つのは間違っとるか⁉　新しい家族にぼくらみたいな思いして欲しゅうないって思うんは間違っとるか間違っとらんじゃろ！　何が生まれ変わったんなら、あんた一つも生まれ変わっとらんじゃねえか！」

父は何も言わなかった。それが悔しくて、

「このおおあんごうが！」

父の言葉を使った。

「そうか」

父はそう呟いてそのあとは何も言わなかった。ぼくは、

「それじゃあ」

と言って父に背を向け、どこに向かうあてもなくただ歩き始めた。父とはもう二度と会わないだろう。ぼくは振り返らずにひたすら歩いた。駅がどこかとかどうやって帰るかとか知ったこっちゃない。

でも、本当はこんなつもりじゃなかった。きちんと話し合って送り出してあげたか

った。ぼくも大変だったことを話したかった。しかし実際を思い返すと怒りが湧いてくる。振り払うようにぼくは歩く。渋谷駅が見えてきて遠回りする。もし渋谷駅に父がいたら困る。ぼくはこのまま新宿まで歩こうと思った。歩いていれば気持ちも落ち着くかもしれない。皮肉なほど天気が良く爽やかな風が吹いている。

しばらく歩いていると代々木公園が見えてきた。東京でも有数の緑豊かな公園。さっきまでの怒濤の時間が嘘みたいに穏やかで、たくさんの人たちが友人や家族と笑い合っていた。ぼくは緑の中を歩きながら父との最後がこれでいいのかと自分に問いかける。本当はいろんな話をしたかったと伝えた方がいいんじゃないだろうか。わざわざ東京に来たのだから父だってきっと嬉しかったはずだ。ぼくは携帯を開く。

「さっきはごめん。お酒の良くない記憶が思い出されて過剰になってしまったかもしれん。ほんまはきちんと祝ってあげたかったしいろんな話もしたかったんよ。ただきちんと仲良く過ごしたかった。でも昔みたいに怯えとるだけじゃなくて、初めて親子喧嘩できてそれは大人になった気がして嬉しかったよ。自分でも口が悪いなぁ、やっぱ父さんの子じゃなぁと思うたよ。品川まで戻ったらなんとかなると思う。結婚おめでとう。」

ここまで打ち込んだところでぼくは送った。迷っていても仕方ない。どうせこれで最後なのだからお互いに気持ちよく終わりたい。ぼくは携帯をポケットに入れて歩いた。

結局代々木駅から電車に乗って武蔵小金井まで帰った。夜まで父と過ごす予定だったけど早く終わってしまったので時間が空く。何かネタでも考えようかとファミレスに入る。携帯を開き確認すると、父はまだぼくからの連絡を見ていないようだった。かなり歩いたのでお腹が空いた。しかしお金がないのでぼくはちょっとしたサラダとドリンクバーだけ頼む。父は無事に帰れそうだろうか。心配になってきた。父に電話をかけて安否だけ確認しようと思った。店を出て父に電話をかける。コールが鳴らず切れてしまった。何かがおかしい。話し中ではないようだけど少し間を空けてかけ直す。それでも繋がらない。もしかしてと思って調べる。ぼくは父にLINEをブロックされていた。着信拒否もされていた。これが最後かと思うとおかしかった。結局、芸人を目指していることを父には言えず、父の中でのぼくは小説家志望のままだった。

ファミレスに戻って席に座る。実の父にこんな方法で勘当された人間はなかなかいないだろう。足に違和感を覚え、何度踏みしめてもふわふわとして気持ち悪かった。

座ったまま足で地面を押すように力を入れる。見回すと電話をかける前と何も景色が変わってなくて驚いた。もっと言えば、こんなことがあったのに店員さんも他のお客さんも誰も笑ってなくて不思議だった。ぼくだけが自分の状況を知っているということはとても面白い気がした。誰も知らないけれどぼくだけは知っている。ノートにメモをしようと思ったけどどう書いたら良いかわからなくてとりあえず「父がLINEのブロック機能を使う」と書いたところでやっとブロックすんなよと気づいておかしかった。

ファミレスを出ると、武蔵小金井で見る予定では無かった夕日が雲ひとつない空をすこんと照らしていた。家までの帰り道、伊勢にどう話そうかと考えながら坂を下っていくと、夕日がどんどん昇ってきて目が痛かった。

本書は書き下ろしです。

加賀　翔（かが・しょう）
1993年岡山県生まれ。マセキ芸能社所属のお笑い芸人。
相方の賀屋壮也と2015年に「かが屋」を結成。「キングオブコント2019」では決勝に進出。ラジオ・バラエティ番組の他、趣味の短歌と自由律俳句のイベントにも出演しマルチに活躍中。

おおあんごう

2021年11月8日　第1刷発行
2022年1月7日　第3刷発行

著者　加《か》賀《が》 翔《しょう》

発行者　鈴木章一

発行所　株式会社講談社
〒112-8001
東京都文京区音羽2-12-21
電話　出版　03-5395-3504
　　　販売　03-5395-5817
　　　業務　03-5395-3615

KODANSHA

印刷所　豊国印刷株式会社

製本所　株式会社国宝社

本文データ制作　講談社デジタル製作

ISBN　978-4-06-526040-1　N.D.C. 913 174p 20cm